MY MAD
FAT DIARY II

레이 얼 지음
공보경 옮김

마이 매드 팻
다이어리프

애플북스

(기차 여행에 대한 부분을 제외하고) 언제나 옳았던,

서로를 페인트(feint)와 마진(margin)이라 불렀던

엠마 '모트' 드루어리에게,

그리고

뛰어나고 재능 있는 여배우

샤론 루니에게

이 책을 바칩니다.

뚱뚱한 소녀의 정신 나간 일기 제2~3권
– 1990년과 1991년의 기록

1990년, 나는 영국 링컨셔 스탬퍼드에서 살고 있는 심하게 뚱뚱한 십대 소녀다. 동성연애자인 두 번째 남편과 이혼하자마자 스무 살 연하인 모로코 출신 보디빌더와의 연애에 불이 붙은, 사십대 후반인 엄마와 한집에서 살고 있다.

이게 〈제레미 카일 쇼〉에나 나올 법한 상황이라는 건 나도 안다. 그냥 감수하고 보기 바란다.

열한 살 때 장학금 시험에 합격한 덕분에 나는 펠트 천으로 된 해군 모자를 쓰는, 학비가 더럽게 비싼 사립 여학교에 다닌다. 아무리 그런 학교에 다녀도 뚱녀라서 우리 모녀가 사는 이 추레한 공영 주택단지에서는 별로 인기를 끌지 못한다. 이 동네 거리는 죄다 왕실 가족의 이름을 따서 지었다. 내가 살고 있는 에든버러 로(路)도 궁전과는 아무 상관이 없다. 마운트배튼 대로에 가면 죽어라고 괴롭힘이나 당하는 신세다. 제일 죽이는 건 앤 로(路)다. 앤 로와 그린 골목은 또라이들의 집합소다. 온갖 똥멍청이들이 그곳에 모여 앉아 나를 뚱보니, 돼지니 하고 놀려댄다. 그놈들의 이름을 여기 쭉 나열할 수도 있지만 반 페이지가 넘을 테고 그리 창조적인 내용도 아니니 그만두겠다. 그곳에서 십대 소년 다섯 마리가 '어이 패티 범범'이란 노래를 부르며 나를 괴롭히는 것은 1970년대 러버스록 레게음악에 관한 상당한 지식을 보여주는 교양 있는 행동으로 여겨질 정도니 말 다했다.

진실로 필요한 음식인 섹스를 공급받지 못한 채, 나는 대다수 나날들을 커스터드 크림으로 연명하고 있다. 정맥주사로 공급하듯 커스터드 크림을 온몸으로 흡수하는 중이다. 킷캣 초콜릿 멀티팩 정도는 눈 깜짝할 사이에 빨아들인다. 학교에서 급식으로 배를 빵빵하게 채우고 집에 와서 더 먹는다. 암소처럼 종일 먹고도 눈앞에 음식이 차려져 있으면 사흘 굶은 사람처럼 미친 듯이 또 먹는다. 음식은 내게 삶의 기쁨이며, 마취제고, 도저히 끊을 수 없는 친구다. 허리 사이즈를 잔뜩 늘려 중년 부인 옷가게에나 드나들게 만들고 연애는 꿈도 못 꾸게 하는 것만 제외하면 완벽한 파트너다.

별로 즐거운 인생 같지는 않은가? 하지만 최고로 암울한 곳에서 최고의 유머가 싹트게 마련이다. 게다가 내 인생에는 사랑스러운 사람들과 좋은 음악, 그 밖에도 훌륭한 것들이 함께 있다.

사교생활도 남부럽지 않게 하며, 알파벳 순서에 맞춰 정리한 음반들도 보유하고 있다. '핀'이라고 하는 테스토스테론으로 넘쳐나는 조각 같은 남자도 미칠 듯이 사랑하고 있다. 물론 1989년 12월 31일에 핀이 내게 용기를 줄 만한 멋진 말을 해주려는 것 같기도 했지만. 이를테면 그동안 남몰래 나를 사랑해왔고 정신 나갈 때까지 밤새 안아주고 싶다는 말이 아니었을까 싶다. 내게는 모트라는 절친이 있고, 학교는 꽤 재미있고 안전한 피난처이며, 음악은 매일 나를 구원해준다. 음악은 내가 차마 할 수 없는 말들을 대신해주고, 겉으로 표현할 수 없는 마음의 상처를 치유해준다. 나는 음악이 있어 살 수 있다고 해도 과언이 아니다.

또 뭐가 있을까?

아, 나는 정신병자다.

완전히 돌았다. 그 사실을 자알 안다. 우리 엄마도 안다. 주변에 나를 그런 쪽으로 의심하는 사람들도 몇몇 있고, 전문가들은 대놓고 나를 정신병자라고 진단을 내렸다. 열여섯 살 때 정신병동에까지 입원했는데 사실 이미 한참 전에 미쳐 있었다. 정신이상이 어디서 시작되는지 누가 알까? 나는 늘 무언가를 두려워했다. 정신력으로 모든 것을 통제할 수 있다는 생각을 항상 해왔다. 세계평화를 책임지고 있다는 생각을 하다 보면 마음의 부담이 상당하다. 물건들을 여러 번 만지거나, 숫자를 세거나, 기도를 하는 것으로 엄마가 끔찍한 기차 사고를 피할 수 있다는 생각이 든다. 반복 행동을 하면 에너지 소모가 크고 주의도 산란해질 수밖에 없다. 증상을 가라앉히려고 줄기차게 약을 복용할 수도 없으니 대신 홉노브 쿠키를 먹었다. 그것도 사실 앞뒤가 맞는다. 내가 먹는 항우울제도 컵에 반쯤 담긴 테틀리 티에 적시면 홉노브 쿠키처럼 귀리 맛이 난다. 아무리 근심걱정이 쌓여도 기름지고 달달한 음식을 먹으면 정신적 고통이 사르르 녹는다.

걱정이라는 건 진짜 몹쓸 놈이다. 수시로 형태를 바꾼다. 만만한 얼굴을 발견하면 척! 달라붙어서 위협을 증폭시킨다. 바늘, 홍수, 독이 있는 식물, 광견병, 테러, 핵전쟁, 음반 차트를 망가뜨리고 있는 가수 시니타 등등 치명적이고 무시무시한 위협들, 그리고 내 뇌가 통제할 수 있는 수준의 온갖 끔찍한 것들을 들이댄다. 결국 통제가 불가능해져 정신병 걸린 폭주족, 자기 치마에 대해 계속해서 고함을 지르며 투덜거리는 여자가 있는 성인 정신병동에 입원하게 되었다. 우리는 콩 자루를 들고 단체운동도 했다. 정신병동의 벽은 갈색이었고 밤마다 시끌벅적했다. 정신적으로 장애가 있는 사람들은 밤 9시부터 새벽 5시까지는 취침 시간이라는 개념이 없다. 새벽 2시에도 고함을 지르고 악을 쓴다. 나는 그곳에서 나와야 했기에 상태가 호전됐다고 거짓말을 했다. 더 있는다고 증상이 나아질 것 같지도 않았다. 나 같은 미친 사람도 정상인들과 똑같은 것—성공, 행복, 남자—을 바라는 만큼 그 안에서의 생활은 무척이나 스트레스였다. 피터버러의 이디스 카벨 병원 4병동(정신병동)에서는 그런 바람이 이뤄질 가능성이 없었다.

1990년도에도 내 머리는 종종 정상궤도를 벗어났다. 그렇지만 정신병동으로 돌아가고 싶지 않았기에 죽어라고 정신줄을 붙들었다. A레벨 과정을 마치고 대학에도 들어가야 했다. 내 안에 차고 넘치는 감정들을 폭발시킬 곳은 일기장뿐이었다. 온갖 정신적 파편들이 페이지마다 은밀하게 흩뿌려졌다. 그것만 봐도 내가 감정을 마음껏 발산하지 못한 채 살고 있다는 것을 알 수 있다. 자아를 통제할 수 없게 되는 건 생각만 해도 오싹해서, '마음을 가라앉히도록 노력하자' '정신 차리자' '정신적으로 안정을 유지하자' 같은 구절들을 자꾸만 쓰게 됐다. 또 정신병동에 갇히게 될까 봐 남에게 속내를 털어놓을 수도 없었다. 그래도 나이를 먹으면서 점점 솔직하게 감정을 표출하는 것 같기는 하다…….

나는 이 일기를 상당 부분 편집해야 했다. '아, 좀 살려줘요, 제발' 같은 구절만 잔뜩 써놓은 페이지들도 있기 때문이다. 여러분은 그런 페이지를 읽고 싶지 않을 거다. 그런데 그렇게 같은 구절을 되풀이해 쓰는 것도 정신병 증세 중 하나다. 제일 고통스러운 건 권태다. 똑같이 되풀이되는 일상. 오늘도 역시 다 잊어버리려 빵 한 덩어리를 먹고 자책감에 몸부림치는 나. 매일 이렇게 똑같이 살고 있다는 끔찍한 사실. 이런 날엔 모타운 음반사의 대히트곡이 담긴 카세트테이프를 틀거나, 학교에서 물싸움을 하거나, 꽉 끼는 청바지를 입은 핀의 엉덩이를 보는 것으로 위안을 삼았다.

1990년도에 세상은 공산주의와 억압으로부터 벗어나고 있다. 나는 내 영혼을 가둔 이 뚱뚱한 몸뚱어리와 내게 족쇄를 채운 이 미친 머리로부터 벗어날 수 있길 희망한다. 새로운 나라들이 속속 태어나고 있는데, 빌어먹을 자이브 버니는 여전히 싱글곡 편집 음반을 세상에 싸지른다.

내가 두 번째 일기장을 세상에 공개하는 이유는 첫 번째 일기장을 공유했던 이유와 같다. 이 일기를 읽고 있으면 웃음이 나고, 십대 때 아무리 정신이 회까닥 돌았어도 인생은 아무 탈 없이 굴러간다는 걸 말해주고 싶어서다.

새로운 이유도 추가됐다. 첫 번째 일기장을 출판한 후, 나처럼 스스로 미쳤다고 여기는 젊은이들이 많다는 것을 알게 됐다. 자해를 하고 거울을 보며 절망하는 젊은이들. 사춘기 시절에 내가 나 자신을 얼마나 혐오했는지, 다른 친구들처럼 '진짜 여자'가 되고 싶은 마음이 얼마나 간절했는지를 다른 젊은이들에게 보여주고 싶었다. 그리고 첫 번째 일기가 출판된 후, 모든 것을 다 가졌다고 생각했던 내 여자친구들이 실은 당시에 나와 똑같은 고민을 안고 살았다는 편지를 보내줬다!

사춘기는 정말이지 짜증나는 시기다. 누구에게나 십대 시절은 똥 같지만 참고 살다 보면 또 계속 살 만하다.

어쨌든, 1990년. 베를린 장벽이 무너지고, 해피 먼데이즈 밴드가 명곡을 쏟아내고 있다. A레벨 시험이 다가오고 핀의 엉덩이는 역시나 국보급이다.

일기장 맨 끝에 여러분이 궁금해하는 부분에 대한 답을 적어놓았다. 알고 싶은 사람이 있을 수도 있으니…….

차례

1990년

1월

January

1990년 1월 1일 월요일
새로운 레이의 탄생!

🔔 오전 10시 12분

새로운 십 년이 시작됐다! 새해다! 새로운 레이의 탄생이다! 게다가 월요일이기까지 하다. 1990년도는 제 할 일을 이미 알고 있는 걸까. 아니면 80년대가 완전히 엿 같아서 내가 더 들뜨는 걸까.

어젯밤 핀 생각을 멈출 수가 없었다. 미칠 것 같았다. 내가 '조금만 더 달라지면' 나를 여자로 좋아할 것 같은 뉘앙스를 마구마구 풍겼던 것 같다. 그때까지 얼마 안 걸릴 거다. 조금만 더 달라지면 되니까. 걷기 운동을 조금만 더 해도 되지 않을까? 젠장! 핀의 여친이 될 생각만 해도 오르가슴이 폭발한다. 오르가슴 폭발이라는 게 있지도 않은 말이라는 건 알지만 상관없다. 그만큼 내 심정을 표현해주는 말은 없으니까.

🔔 오전 11시 22분

머리에 스카프를 둘러 턱 밑으로 잡아당겨보았다. 좋게 보면 중국 여자 같기도 하고, 어딘지 모르게 달라 보인다. 썩어문드러지거나 못생기거나 멍청해 보이지가 않는다.

🔔 오후 1시 12분

문득 생각났는데, 어젯밤에 다들 어디로 사라졌던 걸까. 새벽 4시쯤 바인 가에서 프래글네 집으로 걸어가고 있는데, 모두 잠자리에 들었는지 아무도 없었다. 나는 그대로 다시 바인 가로 돌아와 잠을 잤다. 둔탱이의 엄마를 좋아하지만 그분이 집에 좀 더 두툼한 카펫을 깔았으면 좋겠다. 오늘 아침에 보니 밤새 카펫에 눌려 내 볼따구니에 감자 와플 자국이 찍혀 있었다. 튀긴 소시지가 그걸로 놀려대더니 여자들에 대한 성토로 넘어갔다. 여자들이 얼마나 사람 돌게 만드는 존재인지, 본인이 뭘 원하는지도 결정을 못 내리고 바보같이 구는지 등등. 나는 그에게 이렇게 말해줬다. "네 전 여친은 어젯밤에 확실하게 결정을 내렸던 거네. 널 원하지 않는다고." 약간 가혹한 말이긴 했지만 튀긴 소시지는 반발하지 않고 받아들였다.

아, 핀 생각을 멈출 수가 없다. 오늘 아침에만 해도 나는 머릿속으로 핀과 열다섯 번이나 섹스를 했다. 남자들이 열다섯 번이나 섹스를 할 수 있을까? 아니면 힘이 빠져 발기가 안 될까? 한번 시도해보고 싶은 마음이 굴뚝같다.

둔탱이는 하룻밤에 최대 일곱 번까지 가능한데 다섯 번째쯤 되면 지치기 시작한다는 얘기를 들은 적이 있다고 했다.

자, 1990년 계획을 세워볼까나.

1) 1990년은 온갖 위기가 몰려드는 해다. 일단 건강이 신경 쓰인다. 내 몸에 이상이 생긴 걸까? 내 난소가 제 기능을 할까? 내 몸에 끔찍한 암이 생겼는데 아직 아무도 발견을 못한 게 아닐까?

2) 망할 A레벨 시험

3) 스탬퍼드를 떠나는 이들에게 무슨 일이 생기느냐에 달려 있음

너무 걱정된다.

그리고……

4) 핀에 대한 연정은 (터무니없게도 5개월째 반해 있기만 한 상태지만) 꽃을 피우기는커녕 점점 망해가고 있는 듯하다. 그가 나를 좋아할 가능성이 아주 약간은 있을지 모르지만. 친구라는 명목으로 말이다. 아니야, 레이. 핀은 널 친구로 두는 것도 역겨워하고 있을지 몰라.

5) 마음 달래기

1월 우울증이 심각해지고 있다. 크리스마스 때 무지하게 먹은 데다가 브라질 견과류까지 흡입해댄 탓이다. 체중계 가까이로는 안 갈 테다. 체중을 달 생각만 해도 겁이 난다. 체중계가 무섭다.

목표:

-----

1) A레벨 시험을 통과해서 여길 떠나기

2) 끝내주게 즐거운 시간 보내기

3) 늘 쿨하고 침착하기

4) 정신적 안정 유지하기

5) 진짜 살아서 숨 쉬는 남자와 제대로 된 연애를 해보기
6) 끝내주게 섹시한 악녀가 되어보기
하하하! 진심은 아니다, 조금이라도 그렇게 되어보자는 뜻임

어쨌든 오늘부터 1990년의 시작이다. A레벨 시험과 여름 휴가, 대학 입학 때까지 이 일기를 계속 쓰고 있을지는 모르겠다. 내년이면 난 스무 살이다!! 제길!

올 한 해를 제대로 보내고 정말 중요한 일들에 집중하자.

1990년 1월 2일 화요일
쓰담쓰담

🔔 밤 11시 46분

방금 펍에 갔다 왔다. 남자들은 여자랑 관계를 할 때 위생을 위해 거기에다가 스프레이식 탈취제를 뿌려야 하느냐 마느냐를 토론 중이었다. 핀은 연신 웃어댔다. 내가 보기에 그는 '라이트가드' 탈취제 따윈 필요 없다. 그냥 알 수가 있다. 그의 여친에게 물어볼 만한 사안도 아니다.

핀은 내게 잘해줬지만 작년 12월 31일에 나한테 했던 말을 다 잊어버린 것 같다. 오늘도 내 머리칼을 쓰다듬기만 했다. 내가 우리 집 고양이 화이트를 쓰다듬을 때랑은 다른 느낌이다.

약간이지만…… 성적인 느낌이 있었다. 약간.

어쩌면 아닐지도 모른다. 그냥 내게 친절하게 대해주고 있는 걸 수도 있다. 스네이크바이트 술이 그래서 문제다. 간땡이가 붓게 해서 헛소리를 지껄이게 만드니까.

핀이 했던 말이 아무 의미 없다고 하면 콱 죽어버릴까 보다. 아 레이, 멜로드라마 찍니. 자위행위나 하고 잊어버려. 하지만 내가 핀에게 원하는 건 단순한 섹스라기보다는 심적 교감이다. 그는 그런 남자다.

물론 나는 호색적인 여자라서 섹스도 무척이나 원한다.

1990년 1월 4일 목요일
비밀은 꼭 지켜라

🔔 밤 11시 22분

오늘밤에 너무 열 받아서 다음과 같은 짓들을 해버렸다.

1) 첼시 던에게 내가 핀을 사랑하고 있다고 말했다. 비밀 꼭 지키라는 말과 함께.

2) 둔탱이에게도 내가 핀을 사랑하고 있단 말을 했다. 물론 비밀 꼭 지키라는 말과 함께.

3) 엄마가 아드난을 위해 요즘 줄창 식탁에 올리는 쇠고기 소시지

**와 망할 쿠스쿠스 요리를 구석진 곳에 숨겼다. 아주 진절머리가
난다.**

멍청한 짓이었다. (요거트들을 쌓아놓은 곳 뒤에 숨겨놓은) 쇠
고기 소시지나 쿠스쿠스, (비밀을 무덤까지 가지고 갈) 둔탱이는
문제가 없지만, 첼시는 원래 소란 떠는 걸 좋아하는 성격인데
다 핀의 여친과도 친했다. 내 비밀이 너무 빨리 세상에 알려질
경우 명심해야 할 사항들을 적어보겠다. 1) 내 몸뚱어리는 그
상황에 대처할 준비가 안 되어 있을 테고, 2) 핀의 여친이 어
떻게 나올지도 걱정이다. 아마 분통을 터뜨리겠지. 그동안 핀
에 대해 온갖 얘기를 나한테 다 털어놨는데. 덕분에 나는 지구
상에서 아무도 모르는 것들을 알고 있다. 핀과의 관계를 완벽
하게 진전시킬 기본적인 청사진도 마련해뒀다. 아직 사용할
수는 없지만. 공격 계획을 세워놓고 때를 기다리는 처칠이 된
기분이다. 적절한 조건들이 갖춰질 때까지 기다려야 한다.

하지만 핀의 여친은 히틀러가 아니다. 다시 한 번 말하지
만, 그 애는 예쁘고 상냥한데다 재미있기까지 하다. 그래서 더
마음이 안 좋지만, 그래도 뭐 사람은 누구나 사랑과 전쟁, 핀
앞에서 평등하니까!

나는 지금 그 애의 얼굴에 수염이 나길 바라고 있다. 좋은
짓이 아니란 건 안다. 호르몬이 사람을 미치게 하는구나.

1990년 1월 5일 금요일
아드난 어린이

🔔 **밤 11시 34분**

아드난은 〈세서미 스트리트〉라는 어린이용 텔레비전 프로그램에 나오는 쿠키 몬스터랑 똑같다. '는'이라는 조사를 제대로 구사 못해서 뻑하면 "나 배고파!" "나 목말라!"라는 식으로 말하는데다가 쿠키 몬스터처럼 엄청 먹어댄다. 아주 입에 쑤셔넣는다. 식사를 할 때 내가 조금만 소리를 내도 엄마는 "콘크리트 혼합기 나셨네"라고 비아냥댔는데 아드난에게는 애정이 넘친다. 이 집에서 사는 게 싫다. 나를 사랑해줄 짝꿍 한 명 없이 사는 것도, 향료를 넣은 양고기 냄새가 온종일 풍기는 집에서 사는 것도 지긋지긋하다.

1990년 1월 7일 일요일
고양이 털, 내 털

🔔 **밤 11시 12분**

가수 시네이드 오코너는 머리털도 없는데 어쩜 그렇게 섹시할까? 튀긴 소시지보다도 머리를 바짝 밀었는데도 끝내주게 아름답다. 어떻게 이런 여자들이 있을 수 있지? 그들의 자신감은 대체 어디서 오는 걸까?! 나도 머리를 짧게 잘랐던 적이 있는데 당시 모습은 꼭 가슴 달린 남자 같았다. 내가 머리카락을 입에 넣고 씹어대니까, 빠진 머리털이 뭉쳐 돌아다니면 어떻게 하냐고 엄마가 하도 성화를 해서 어쩔 수 없이 잘랐다.

이 집에는 고양이도 살고 있으니까 고양이 털이랑 내 머리털이 잘 섞여서 뭉칠 테니 별로 문제없잖아요, 엄마. 고양이 화이트도 하얀색이고 나도 백인이니까 오죽 잘 섞이겠어요!

내가 지금 머리를 밀면 부처와 완전 닮은꼴이라, 사람들이 행운을 빌기 위해 내 몸을 문질러댈지도 모른다.

그래도 머리를 미는 게 지금보다는 낫지 않을까. 하하하!

1990년 1월 8일 월요일
초콜릿 말고 키스

🔔 **오후 4시 13분**

내일부터는 다시 학교에 가야 한다. 곧 A레벨 모의시험을 볼 텐데 시험공부를 하나도 안 했다.

지금 내게 필요한 건 연애다.

2월이면 진한 키스를 해본 지 딱 일 년째가 된다. 키스가 뭐 그리 중요한 건 아니지만.

아니. 그렇지가 않다. 키스는 완전 중요하다. 초콜릿은 실컷 먹었지만 섹스에는 굶주렸다.

1990년 1월 9일 화요일
질투

오늘부터 학교가 다시 시작이다!

오늘 일어난 일들을 정리해보겠다.

1) 모두들 생사라도 걸린 것처럼 시험 얘기만 하고 있다. 물론 생사가 약간은 걸려 있긴 하지만 그래도 시험공부 일정표 얘기는 정말 지겹다.

2) 데이지가 시험공부 일정표를 도표로 만들어서 필통 안쪽에 붙여놨다. 원래 '일도 열심히 노는 것도 열심히' 스티커가 있던 자리인데 그 위에 척 붙여놓은 것이다.

3) 시험공부 기간이긴 하지만 휴게실에서 몇 명은 헛소리를 지껄이면서 웃어대는 대신에 진짜로 시험공부를 하고 있다.

4) 사람들은 크리스마스 선물로 자동차를 받는다. 자동차를. 그런데 나는 고작 올해의 히트 음반 한 장과 베스트 음반 두 장이 전부였

다. 쇼케이스 영화관에 컬리윌리 초코바를 타고 갈 수도 없고 어쩌라는 거야.

5) 대박! 데이지가 사과를 먹었다. 그런데 겉은 멀쩡했지만 속은 완전 썩어 있던 사과라서 데이지가 이로 콱 씹었더니 구더기가 스멀스멀 나왔다. 그 사과를 목격한 우리들은 앞으로도 영원히 그 충격을 떨쳐내지 못할 것 같다. 데이지는 구토를 할 뻔했다. 다이어트 때려치우고 차라리 크림에그 초콜릿을 먹었으면 그런 끔찍한 일은 당하지 않았을 텐데.

아드난이 내일 고향으로 돌아간다. 나는 위층에 숨어서 꼼짝도 안 하고 있다. 폐경기 여성의 연애는 보고 즐길 만한 게 못 된다.

🔔 **밤 10시 13분**

그래, 나 질투하고 있는 거 맞다. 우리 엄마라고 해서 행복하지 말라는 법은 없지 않나? 엄마는 아빠와 결혼했지만 아빠는 크리켓 경기와 맥주에 미쳐 있던 사람이었다. 그 후 엄마가 재혼한 남자는 다른 남자들에게 미쳐 있었다! 하하하! 엄마는 남자를 좀 쉬어야 한다. 특히 내가 A레벨 시험을 치러야 하는 올해는 피해줬으면 하는 바람이다.

1990년 1월 10일 수요일
시네이드 오코너

🔔 *저녁 6시 12분*

스타니슬라프스키의 연기 이론과 스페인의 펠리페 2세에 관해 머리 터지게 공부하고 집에 왔더니, 나이가 반백에 가까운 아줌마가 처량 맞게 의자에 앉아 감상적인 노래들을 듣고 있는 거다. 이젠 그 노래들을 들을 때마다 엄마와 아드난의 연애를 떠올릴 수밖에 없게 됐다. 망했다.

🔔 *저녁 8시 22분*

아, 말도 안 돼. 엄마가 시네이드 오코너의 〈그 무엇도 당신과 비교할 수 없어요Nothing Compares 2 U〉를 듣고 있다. 내가 정한 편의 주제가인데 엄마가 그것마저 빼앗아버릴 수는 없다.

🔔 *밤 9시 24분*

엄마랑 크게 한판 뜨고 내 방으로 돌아왔다.

나   *그 음악 좀 꺼주세요. 시험공부하고 있단 말이에요. (사실은 안 하고 있었지만 그건 별로 중요하지 않음.)*

엄마   싫어. 난 이 음악 듣고 싶어.

나   *헤드폰 끼고 들으면 되잖아요.*

엄마 싫어. 이명증 때문에 안 돼.

나 *내가 A레벨 시험을 못 보면 엄마 때문인 줄 아세요.*

엄마 그건 네가 공부는 열심히 안 하고 친구들이랑 놀러나 다녀서 지…….

그 시점에서 내가 휙 돌아서 가버리자 엄마가 음악을 껐다! '엄마 때문에 내가 시험을 망칠지도 몰라요' 전법은 매번 이렇게 잘 먹힌다. 중년의 감상적인 연애주의자한테서 나 자신뿐만 아니라 시네이드 오코너의 목숨까지도 구한 셈이다.

1990년 1월 11일 목요일
훌륭한 피임기구

🔔 오후 5시 13분

학교에서 또 학생들에게 겁을 주는 교육을 실시했다. 피임 교육. 피임, 그까짓 게 뭐 그리 어렵다고. 그 방면에서 나는 전문가다.

매일 피임약을 먹어라. 여드름용 항생제를 쓰고 있다면 콘돔도 사용해라. 콘돔이 찢어질지 몰라 걱정이 되면 사후피임약을 먹어라. 사후피임약을 처방 받을 때 의사가 너를 걸레라고 생각해도 무슨 상관이냐. 임신만 안 하면 되지.

이따위 쓸데없는 지식을 내 앞에서 늘어놓았다. 나로 말할 것 같으면 성공률 백 퍼센트의 훌륭한 피임기구를 보유하고 있다. 바로 내 몸에 붙은 투실투실한 살이다. 부작용도 없다. 길 가다가 모르는 사람들이 나를 재수 없게 놀려대고 구멍가게에 갈 때마다 그곳에 모여 있는 등신들이 '바다코끼리'라고 구호를 외쳐대는 것만 빼면, 지낼 만하다!

물론 놀림을 받을 때면 무지하게 화가 나기는 하지만.

1990년 1월 12일 금요일
엄마 제발

🔔 **밤 11시 35분**

맙소사!

그러지 마요, 엄마. 튀긴 소시지는 한잔 하러 가자고 나를 부르러 우리 집에 들른 거지, 엄마의 모로코인 남친 사진을 보러 온 게 아니란 말이에요. 겉으로만 흥미 있는 척을 한 거죠! 튀긴 소시지가 얌전히 앉아 차를 마시면서, 단백질 소요량이니 근육량이니 하는 엄마 얘기를 듣고 엄마가 던지는 농담에 웃어주기는 했지만 말이에요. 그럴 거면 튀긴 소시지를 데리고 같이 펍에 가지 그러세요! 내 인생을 아주 다 차지해버리라고요. 속으로 그걸 원하는 거 같은데.

볼츠 펍에 가서도 분이 풀리지 않았다. 튀긴 소시지가 "무슨 일이야, 거대 인간?" 하고 물었지만 나는 대꾸도 하지 않았다. 진짜 열 받은 이유는 1) 핀이 펍에도 오지 않았고 모의시험도 치르러 안 왔다는 것, 2) 반쯤 헐벗은 남자들의 사진이 잔뜩 담긴 사진첩을 갖고 있는 엄마가 그걸 사람들에게 아무렇지 않게 보여준다는 것 때문이었다.

진정해야지. 팝밴드 '디콘 블루'의 음반을 꺼내야겠다. 디콘 블루는 사랑이 모든 것을 바로잡을 수 있다고 여기는 사람들에 관해, 그리고 그게 얼마나 웃기는 생각인지에 관해 노래한다.

나는 디콘 블루의 음악을 사랑하지만, 그들의 생각은 틀린 것 같다. 사랑은 모든 것을 더 좋게 만들어주니까. 내가 지금껏 봐온 바로는 그렇다.

1990년 1월 13일 토요일
버려진 나의 뷰티

🔔 **오후 12시 33분**

오늘은 모의시험 때문에 아무도 밖에 나오질 않았다. 이런 겁쟁이들. 남들이 다 안 나와도 꿋꿋이 나오던 둔탱이조차 오늘은 안 나왔다. 나는 생산적으로 시간을 보내는 차원에서, 섹스를 위해 몸을 만드는 차원에서, 산책이나 나가야지! 집시 메도우즈에 있는 옛 철로를 걸어볼까나.

🔔 오후 5시 12분

남들한테는 큰일이 아니지만 내가 여기 적을 정도면…… 큰일인 거다. 집시 메도우즈를 걸어가고 있는데, 길옆에 한가득 쌓아놓은 쓰레기더미 위에 내가 어렸을 적에 타고 놀던 흔들목마 '뷰티'가 놓여 있었다. 엄마가 그걸 뒤뜰 건너 이웃집에 줬는데 그들이 내다버린 것이다. 내가 이 망할 동네에서 제일 사랑하는 물건인데 말이다. 나는 완전히 열 받았다. 내 추억의 물건을 쓰레기로 버려놓은 것이다. 함부로 버릴 게 아니라 나한테 돌려줬어야지. 내 몸집이 너무 커져서 이제는 타고 앉을 수도 없지만 그래도 남의 장난감을 어떻게 이렇게 함부로 취급하냐고!

엄마는 외출했다. 어디 갔는지는 아무도 모른다. 나한테 중요한 물건을 또 어디 넘겨주러 갔겠지.

🔔 저녁 8시 35분

엄마가 집에 돌아오자마자 나는 뷰티에 대해 따져 물었다. 엄마는 나를 한참 동안 빤히 쳐다보다가 말했다…….

엄마 레이첼, 넌 열여덟 살이야. 다음 주에 시험을 봐야 할 애가 왜 망가진 흔들목마 타령이야?!

나 **왜냐하면 엄마······ 그 흔들목마는 내 자유롭던 어린 시절의 아름다운 추억이 고스란히 담긴 물건이니까요.**

엄마 개똥같은 소리 때려치우고 네 할 일이나 해.

나 **빼어난 감성에 감사드려요. 엄마가 갖고 있는 아드난의 사진들요, 그거 다 내버릴 거예요!**

엄마 이미 숨겼다네! (대충 이렇게 미친 것처럼 말하신 듯.)

나 **그러시구나! 내 친구들은 모로코 남자의 이두박근 따윈 전혀 안 보고 싶어 하거든요.**

엄마 글쎄다, 튀긴 소시지는 아주 관심 있어 하던데!

나 **아뇨. 후줄근한 중년 아줌마한테 맞춰드린 거겠죠. (내 입에서 나온 중 제일 심한 말이었지만 그만큼 나는 무척 화가 난 상태였음.)**

엄마는 그대로 휙 돌아서서 가버렸다. 내가 얼마나 아끼던 흔들목마였는데. 내 유일한 말이기도 했다. 그걸 타고 승마 경기를 하는 시늉을 하면서 놀곤 했었다.

1990년 1월 14일 일요일
뷰티야 잘 가렴

🔔 저녁 6시 13분

뷰티야 잘 가렴

집 안 전쟁에서 패배한 내 말이 저기 누워 있네.
한때는 등에 나를 태웠지만 이제는 잊혀진
뷰티야 잘 가렴.
꽃과 클로버 사이에 누워 있는 네 곁에,
풀과 이상한 소가 함께 있구나.
나 한때 너를 탔었지만
이제는 다른 것에 올라타고 싶구나.

약간 변태 같긴 하지만 내 감정을 고스란히 담아낸 시다!
펍에도 못 가고 친구들도 못 만나니 상태가 다시 이상해지
는 듯.

1990년 1월 15일 월요일
영국 부모들의 현실

🔔 *오후 5시 13분*

모트에게 오늘 한참 동안 뷰티에 대해 얘기했다. 모트는 언제나 그렇듯 나를 이해해주었다.

앞으로 두 주 동안 계속 시험이다.

학교에서 다른 아이들의 부모님에 대해 듣다 보면 우리 엄마가 내 엄마인 게 참 다행이란 생각이 든다. 엄마는 나에게 시험을 망치면 너도 엄마처럼 장래성 없는 일이나 해가며 남은 평생을 보내게 될 거라는 위협을 하는 정도다. 그런데 우리 학교 몇몇 여자애들은 아버지에게 미치고 팔짝 뛸 정도로 쉴 새 없이 시험에 대한 잔소리를 듣고 있다고 했다. 에보니의 엄마는 십오 분에 한 번씩 에보니의 상태를 체크하면서 간식으로 무화과를 챙겨 먹이고 몸을 따뜻하게 해야 한다며 조끼를 입게 했다고 한다!

내일은 정치학 모의시험이다.

1990년 1월 16일 화요일
정치학 모의시험

🔔 *오후 4시 57분*

오늘 정치학 모의시험을 봤다. 미국 정치학 과목인데 완전히 망쳐버렸다. 차라리 엄마가 공부하라고 나를 달달 볶아줬으면 좋았을걸! 연방주의에 대해 뭐 아는 게 있어야 답을 쓰지!

1990년 1월 21일 일요일
쓸쓸하다

🔔 *오전 11시 34분*

토요일 밤마다 분위기가 점점 이상해지고 있다. 어젯밤에는 볼츠 펍 화장실 옆에 서 있는데 나한테 꽂혀 있던 라이언 베이츠가 다가와서는, 작년 12월 31일 밤에 나한테 헛소리를 했던 것과 툭하면 빈정대거나 하는 년이라고 욕했던 걸 사과하겠다고 했다. 그에게 나는 그런 년이 아니니까 신경 쓰지 말라고 했다. 그게 사실이니까. 지금 나는 머릿속에 들어 있는 온갖 상념들 때문에 미쳐버릴 것 같긴 하지만, 그 안에는 라이언 베이츠에 관한 생각은 쥐똥만큼도 안 들어 있다. 라이언이 "그럼 우리 친구인 거지?"라고 하면서 나를 껴안으려고 해서, 나는 대충 몸을 피하고는 "그래!"라고 했다. 그러자 라이언이 또 나를 멍하게 한참 쳐다보고 있길래 나는 "잘 가, 라이언!" 하고 방점을 찍어주었다.

핀은 오늘 펍에 오지 않는다. 교대근무를 하고 있다. 오늘 밤은 펍에 가고픈 마음이 간절하다. 사람들과 어울리고 싶다.

1990년 1월 23일 화요일
평생 이렇게 살겠지

🔔 오후 5시 38분

영어 과목의 개 같은 점은 A레벨 시험 과목인데다가, 내가 좋아하는 책들에 대해 개소리나 늘어놓기 때문이다.

엄마는 기분이 안 좋은 상태다. 내일 나와 함께 병원에 가주기로 했는데 내 배에 무슨 문제가 있어서 계속 복통이 있는지 알아보려고 병원에 예약을 해뒀다. 이런 경우 병원에서 늘 하는 소리는, 스트레스 때문이라는 거다. 내가 시험을 앞두고 있단 얘길 들으면 걱정이 너무 많아 아픈 거라고 할 테고, 정신병동에 있었단 기록을 보고 나면 내 머리에 이상이 있는 거라고 할 거다. 평생 이렇게 살겠지. 내 나이 예순 살에, 어느 술에 잔뜩 취한 운전자가 모는 차가 인도로 튀어 올라와 나를 치어도 응급대원들은 이렇게 말할 거다. "제정신이 아닌 여자구만. 이 여자 잘못이야."

1990년 1월 27일 화요일
오랜만의 재회

🔔 *11시쯤. 아무려면 어때. 느지막한 시각.*

펍에 갔다가 방금 돌아왔다. 굉장한 밤이었다!

시험이 끝났기 때문에 다들 긴장을 풀고 마음껏 웃어댔다.

그런데 펍 뒤쪽에 회색 카디건을 입은 남자의 등짝이 보이는 거다. 너란 남자는 어쩌면 회색 카디건까지 섹시하게 소화하는 거니!! 한동안 그를 못 보다가 봤더니 머리가 온통 뒤흔들렸다. 그래도 애써 아무렇지 않은 척하면서 그와 대화를 나눴다……

핀　시험은 어땠어?

나　**다 망쳤지 뭐.**

핀　괜찮아?

나　**응. 멀쩡하다네, 친구.**

핀　진짜? (눈썹을 위로 치켜뜨면서. 아, 눈 그렇게 뜨지 말아줘. 눈에서 꼭 레이저빔이 나오는 것 같잖아.)

나　**그래, 괜찮아, 친구.**

핀　다행이다.

그리고 핀은 여친이 있는 자리로 가 앉아서 여친을 한 팔로 안았다. 나는 둔탱이와 '모델 피시 바'라는 피시앤칩스 가게로 가서 내 뱃속 상태에 대해 말해주었다. 감자칩과 삶아 으깬 완두콩과 양파 피클에 내 슬픔을 흠뻑 담가주었다. 앞에 놓인 요리를 다 먹고 나자 어쩔 수 없이 브로드 가로 다시 나와야 했다. 요리를 더 시킬 돈이 없었다. 무일푼이거든.

1990년 1월 30일 화요일
핀의 동정

🔔 저녁 7시 12분

병원에서 대장 검사 절차가 적힌 편지를 보내왔다. 검사 날짜를 보니 2월 12일 월요일이라서 주말 내내 금식을 해야 한다. 내가 정말 해낼 수 있을까?!

쓸데없이 과장되게 굴고 있다고 여길지 모르겠지만, 죽음이 곧 나를 덮칠 것 같다는 생각이 든다.

🔔 저녁 8시 39분

아까 쓴 일기를 다시 읽어보니 더럽게 과장되기는 했다. 하지만 정말 걱정이 돼서 죽겠다.

병원에서 심각하게 잘못됐다고 하면, 사람들한테 얘길 해야 하나? 아니, 그래선 안 된다. 그런 끔찍한 얘길 들었을 때 사람들의 반응은 뻔하다. 그냥 동정하겠지. 누가 날 불쌍하게 여겨서 데이트라도 해주길 바라는 건가? 아니, 그런 건 싫다. 죽을병에 걸린 내가 불쌍해서가 아니라 그저 나라는 인간을, 내 엉덩이 모양을 마음에 들어 하면서 나를 미친 듯이 안아주길 바라는 거다.

핀이 나를 동정해서 섹스를 해줄 수도 있겠지. 그건 물론 예외로 한다.

2월

February

1990년 2월 2일 금요일
공짜 술 1 파인트

🔔 밤 11시 45분

오늘밤 기분이 별로다. 병원에 가서 검사 받을 일이 자꾸만 생각난다.

튀긴 소시지가 나를 펍에 데리고 가서는 물었다. "무슨 일이야, 거대 인간?" 내가 대답했다. "내 몸에 이상이 생긴 것 같다고 해서 병원에 가보기로 했어." 튀긴 소시지는 나를 한참 동안 쳐다보다가 진지하게 물었다. "질에 문제가 생긴 거야?" 나는 깔깔 웃었다. 아니, 튀긴 소시지야, 질이 아니라 다른 데가 고장 났어. 내 배에 문제가 생겼어. 그러자 튀긴 소시지는 더없이 상냥하게 말했다. "걱정 마, 레이. 신경 쓰지도 말고. 다 헤쳐나갈 수 있어." 그러고는 술을 한 잔 사줬다. 지독한 짠돌이가 샘 스미스 술을 1파인트나 사준 것이다!

앞으로 좀 더 자주 아파야겠다!

아니, 그래선 안 된다. 동정심을 자극해서 장사해먹진 말자.

그녀들

🔔 **밤 11시 1분**

어떤 여자들은…… 그냥…… 도저히 당해낼 수가 없다.

오늘밤에도 그런 여자애가 있었다. 그 여자애가 남자 두 명을 차례로 데리고 볼츠 펍에 딸린 정원에 나갔는데, 조금 있다가 펍 안으로 들어온 남자들이 배꼽을 잡으며 웃어댔다. 정원에서 뭘 했냐고 묻자 그들은 계속 바보같이 낄낄대면서 "아무것도 안 했어!"라고 했다. 마침내 튀긴 소시지가 그 여자애와 함께 정원에 나갔다가 돌아와서 얘기를 해줬다. 그 여자애는 한 명씩 데리고 나가서 방귀 뀌는 소리를 들려줬단다. 항문이 아니라 질을 이용해서 요란하게 방귀 소리를 냈다는 것이다!

어떻게 그게 가능하지?! 집에 와서 몇 번이나 시도를 해봤는데 아무 소리도 낼 수가 없었다.

그 여자애한테 방법 좀 가르쳐주지 않을래 하고 물었지만…… 싫어!란다. 남자애들이 그 재주를 무척 좋아해서 '최고'라고 부르며 치켜세우고 있으니 당연했다.

하지만 핀은 그 여자애를 따라 나가 소리를 들어보는 짓 따윈 하지 않았다. 원래 관심을 구걸하는 그딴 짓엔 관심이 없는 남자고, 여친과 말다툼하기에 바빴으니까. 물론 말다툼을 끝낸 후엔 밤새도록 여친과 키스를 했지만. 나는 그들을 빤히

처다보진 않았지만, 핀이 여친을 꽉 안아주고 있다는 건 흘끗 봐도 알 수 있었다.

질을 이용해서 방귀 뀌기, 거절, 사과주 소화불량까지. 가지가지로 엿 같은 밤이었다.

1990년 2월 5일 월요일
넬슨 만델라의 자유

🔔 **밤 10시 12분**

세상에!! 넬슨 만델라가 드디어 출감했다!! 부인인 위니 여사가 감옥 문 밖에서 남편을 맞아주는데 정말이지 내 가슴이 다 울컥했다.

넬슨 만델라는 살이 많이 빠져서 티셔츠에 박힌 예전 모습과는 사뭇 달랐다.

아니, 아무리 그래도 난 정치범은 되고 싶지 않다. 남아프리카공화국의 인종차별주의자들을 견뎌가며 수감되어 있으니 차라리 계속 뚱뚱하고 말 거다. 그리고 이십일 년이나 감옥에 갇혀 있는 것보다는 좀 더 빠른 다이어트를 원한다. 출감했을 때 발이 작아져 신발이 맞지 않을 정도로 오래 갇혀 있는 건 정말이지 사양하고 싶다. 넬슨 만델라의 석방을 위해 역사적인 노래를 불러준 스페셜 에이케이에이에게 감사드린다.

1990년 2월 9일 금요일
서툰 거짓말

🔔 *밤 11시 56분*

조금 전에 볼츠 펍에 갔다 왔다. 멋진 밤이었다. 아래 사항들만 빼면.

1) 다들 왜 내일 맥주 마시러 안 오느냐고 내게 물었다. 나는 내 뱃속에 일어난 일, 그리고 검사 전에 관장 때문에 화장실을 줄기차게 드나들어야 하는 일에 대해 말하고 싶지 않았다. 사람들 귀에 들어가면 창피해 죽을 거다.

2) 튀긴 소시지가 주크박스로 필 콜린스의 노래인 〈나는 비가 내리길 소망해*I Wish It Would Rain Down*〉를 틀어놓고 가사를 개사해 "레이는 비가 내리기를…… 자기 몸으로 쏟아지길 소망해!"라고 불러댔다. 나를 위한답시고 한 노래지만 들을수록 열 받았다.

3) 핀. 평소보다 나란 인간이 더 못나 보이는 것 같아 애써 피하고 있었는데, 그가 볼츠 펍의 유리문 옆에서 내게 다가와 말을 걸었다.

핀   내일 왜 안 나와?

나   *그냥…… 할 일이 좀 있어.*

핀   아니. 없잖아, 레이.

나   *그게, 엄마가 나더러 공부를 열심히 안 한다고 하셔서…….*

핀　계속 그렇게 거짓말할 거면 꺼져 그냥.

왜 나는 그럴듯한 거짓말 하나 제대로 생각을 못해내는
걸까?

핀에게 솔직하게 털어놓을 수가 없다. 절대 못한다. 사정을
얘기하고 그가 상냥하게 대해주면 울음이 터지고 말 거다. 게
다가 그에겐 여친이 있다. 나름의 생활이 있다. 지금의 내 상황
을 핀이 몰랐으면 한다. 이런 레이에 관해 알게 하고 싶지 않
다. 나도 이런 내가 싫은데, 그가 좋아해줄 리가 없지 않은가?

1990년 2월 10일 토요일
지옥 체험

🔔 *저녁 8시 24분*

검사 전에 먹어야 한다는 약을 복용했다. 지옥 체험이다.
그 내용을 여기 쓰고 싶지가 않다.

지금은 흰쌀밥을 먹고 있다. 그게 전부다. 이번 주에는 살
좀 빠지겠다. 내가 원하는 30킬로그램 감량까지는 아니겠지만.

하우스 오브 러브의 〈빛난다Shine On〉를 듣고 있다. 나도
이 노래의 가사처럼 '사랑이 충만한 집 정원'에 있고 싶다. 내
뱃속을 훑어내는 공영 주택단지의 이 집이 아니라.

1990년 2월 12일 월요일
레몬 커드 타르트

🔔 *오후 2시 35분*

아침에 바륨 관장을 했다. 더럽게 아프다. 의학적으로도 바짝 약이 올랐고 머릿속도 완전히 약이 올랐다. 간호사에게 장속에 뭐가 보이냐고 물어봤지만, 의사 선생님에게 들으라는 말만 했다. 이들은 내게 아무것도 말해주질 않는다.

어쨌든 검사가 끝났으니 음식을 먹어도 된다고 해서 계속 먹고 있다. 굶다가 먹어서인지 끝내주게 맛있다. 샹트렐에서 사온 레몬 커드 타르트, 널 사랑한다.

1990년 2월 14일 수요일
씁쓸한 밸런타인데이

🔔 *오전 11시 23분*

누가 우리 집 현관문 밑으로 쇼핑백 하나를 밀어 넣어둔 걸 지금 발견했다. 그 안에는 비츠 인터내셔널의 싱글 음반과 밸런타인데이를 축하하는 조그마한 쪽지가 들어 있었다. 튀긴 소시지가 편지지에 악필로 휘갈겨 쓴 거였다. 정말 기분이 좋았다. 핀이 영화 〈사관과 신사〉에 나오는 그 머시기처럼 불쑥 나타나 나를 번쩍 들어 안아주진 않았지만, 그래도 좋았다!

나는 사랑받고 있다. 내가 원하는 방식으로는 아니지만.

1990년 2월 18일 일요일
넌 괜찮을 거야

🔔 *새벽 2시 35분*

이건 꼭 써야겠다. 늦은 시간이지만 이건 꼭 써야 한다.

지난 이틀은 정신없이 흘러갔다. 핀과도 꽤 오래 같이 있었는데, 그러다 어젯밤에 그와 한참 얘기를 나누게 됐다. 병원 일에 대해서는 말하지 않을 작정이었지만, 핀과 있다 보면 뭐든 다 털어놓고 싶은 기분이 드는 거다. 참 이상하다. 무척 편안한 여자친구 같으면서도 지구상에서 제일 섹시한 남자인 그와 한 자리에 앉아 있어서일까.

어쨌든, 내 얘기를 듣고 난 핀은 왜 진즉에 털어놓지 않았냐고 화를 내더니 이내 내 손을 꼭 잡고 말했다. "넌 괜찮을 거야." 그러고는 윙크까지 하는 거다. 너무 좋아서 죽을 것 같았다. 당장 달려들어 끌어안고 싶었지만, 이런 속마음과는 달리 "등신 같은 소리 하지 마"라며 그를 한 대 쥐어박았다.

가끔은 핀이 나한테 싸가지 없게 굴면 좋겠다는 생각이 든다. 그러면 오히려 그를 대하기가 쉬울 것 같다.

1990년 2월 20일 화요일
종양

🔔 **오후 1시 12분**

이걸 편안하게 표현할 방법 따윈 없다. 내 결장 속에 양성 종양이 하나 있단다.

용종이라는 건데, 어떤 사람들은 코 안의 점막에 용종이 생기기도 한다. 나는 뱃속에 생긴 거고. 이 용종 때문에 죽지는 않겠지만, 의사 얘기로는 가까운 시일 내에 제거해야 한다고 했다.

정말 웃긴다. 의사가 검사 결과를 말해줬을 때 나는 웃음이 났다. 엄마는 꽤 걱정하는 표정이었지만, 내가 보기엔 신이 내 인생을 갖고 장난을 치는 것 같았다. 가뜩이나 덩치가 큰 내가 뱃속에 종양까지 생겨서 처녀인 채로 죽을지도 모른다니. 전에는 광견병에서 뇌출혈에 이르기까지 세상에 존재하는 온갖 병들을 두려워했다. 그런데 지금 내 뱃속에 진짜 종양이 자라는 것이다. 더는 버틸 수가 없다! 내 인생이 완전 엉망진창이 돼버렸다.

몇몇 사람들에게는 내 병에 대해 말을 해야겠다.

🔔 **오후 4시 26분**

젠장, 됐다. 모든 사람들에게 다 말할 거다. 이 병이 내 잘

못도 아니고. 다들 나를 사랑해주세요, 내 용종도 사랑해주시고요.

1990년 2월 23일 금요일
얼굴 반반한 애들이란

🔔 **밤 10시 57분**

오늘 저녁에 첼시가 펍에서 진짜 이상하게 굴었다. 딱 예전의 베서니 같았다. 내 주변의 예쁜 애들은 늘 나를 아래로 깔고 본다.

엘리너 루스벨트 여사님(프랭클린 루스벨트 대통령의 부인-옮긴이), '당신의 동의 없이는 아무도 당신에게 열등감을 느끼게 할 수 없다'라고 하셨는데요, 첼시 같은 애를 만나보고 하신 말인가요?

가끔은 내가 문제인 것 같기도 하다. 그런데 또 이런 생각도 든다. '아니야. 내가 문제라고 생각하는 것도 지겨워. 정신 나간 애, 정신병원에 있던 애로 찍혀 있긴 하지만 그래도 내 문제 많은 인생에서 항상 내가 문제의 원인은 아닐 거야.'

1990년 2월 27일 화요일
참을 수 없는 음악 취향

🔔 *저녁 7시 21분*

오늘 우리는 휴게실에서 오줌을 지리게 웃었다! 첼시가 오랫동안 사귄 남친을 찼다고 했다. 그것도 충격인데, 그 남친이 첼시에게 밸런타인데이 선물로 망할 마이클 볼튼의 음반을 줬다는 거다. 첼시는 이렇게 말했다. "음반 커버를 보자마자 우리 사이가 끝났다는 걸 알겠더라." 충분히 그럴 만했다. 음악적으로 존중할 수 없는 남자와 어떻게 사귀냐고. 핀이 브로스나 뉴키즈온더블록, 셰이킹 스티븐스를 좋아하는 취향이었다면 (이들이 올라가 있는 음반 차트는 생각만 해도 열 받음!) 나는 그를 좋아할 수가 없었을…… 아니, 그래도 물론 좋아하긴 하겠지만 차츰 정리를 하게 될 거다. 하하하! 여러 가지 면에서 정리해야겠지!!

3월

March

1990년 3월 1일 목요일
볼츠 펍 정원

🔔 *저녁 7시 39분*

어제 저녁에 마땅히 우리 집에 들러 나를 데리고 펍에 갔어야 할 튀긴 소시지가 오질 않았다. 그가 수요일마다 우리 집에 들를 거라고 말한 건 아니지만, 그래도 왔어야 한다고 생각한다. 늘 그래왔고 전통 같은 거니까. 어쨌든 어제 저녁에 그는 오지 않았다. 해피 먼데이즈의 두 번째 음반인 〈범드Bummed〉를 틀어놓고 책상 앞에 앉아 있는데 점점 더 열을 받기 시작했다. 〈얼간이Brain Dead〉라는 곡이 흘러나올 때쯤, 튀긴 소시지가 안 오겠구나 하는 느낌이 왔다. 나는 해피 먼데이즈의 리드 보컬 숀 라이더와 저녁 시간을 쭉 보내야 했다. 숀 라이더의 좋은 점은 여자들을 유혹해서 볼츠 펍 정원에서 재미 볼 궁리나 하는 얼간이가 아니라는 점이다.

1990년 3월 2일 금요일
바크 부인의 주방 커튼

🔔 *오후 5시 48분*

튀긴 소시지에 대한 내 생각이 좀 지나쳤던 것 같다. 개가 내 남편도 아닌데. 그 녀석이 섹스 생각 좀 그만하고 나를 돌봐주길 바라서는…… 안 되는 거다. 내가 애정결핍이긴 하지만. 모든 게 다 똥 같다!

🔔 밤 11시 35분

오늘 저녁에도 핀이 펍에 오질 않았다. 핀의 여친 얘기로는 야간 팀 급료가 더 높아서 핀이 그 시간에 일을 하기 때문이란다. 돈을 모아서 여길 떠날 거라고 했단다.

아, 가지 말아줘. 갈 거면 날 데리고 가든지. 너와 함께라면 어디든 상관없어.

오늘 저녁은 그럭저럭 괜찮게 보냈다. 망할 건넛집 바크 부인이 주방 커튼만 좀 닫아줬으면 좋겠다.

1990년 3월 4일 일요일
남자들은 이상하다

🔔 오전 8시 2분

어젯밤 펍에 있는데 튀긴 소시지가 와서 아는 체를 했다. 내가 가볍게 씹어주자 그는 "알았어, 레이" 하며 구시렁거렸다.

그리고 밤늦게까지 줄기차게 여자 얘기만 해댔다. 남자들은 진짜 못 말린다. 여자에게 환장을 했거나, 여자를 완전히 무시하거나, 시간당 5파운드를 벌려고 선반에 물건을 채우는 일을 하거나 셋 중 하나다.

1990년 3월 5일 월요일
수상한 소문

🔔 **오후 6시 35분**

엄마가 평소보다 더 이상하게 굴고 있다. 집과 공중전화 박스를 줄기차게 왔다 갔다 한다. 두 여자가 63401번 공중전화로 레즈비언들을 위한 전화상담 서비스를 운영하고 있다는 소문까지 돌고 있다. 말도 안 되는 헛소문일 거다. 스탬퍼드가 똥 같은 곳이긴 하지만 우리 엄마가 레즈비언들을 위해 일을 하고 있다고? 엄마는 레즈비언도 아닌데 무슨 소리야.

젠장!

그렇다. 우리 엄마는 레즈비언이 아니다. 내 머리를 통제할 수가 없다. 엄마의 두 번째 남편이 게이이긴 하지만 엄마까지 동성연애자가 될 필요는 없다. 저기 엄마가 집으로 돌아오고 있다. 길을 따라 올라오는 엄마가 보인다.

이제는 무슨 일이 더 일어난다고 해도 놀라지도 않을 것 같다.

1990년 3월 6일 화요일
엄마의 엉덩이 문신

🔔 *밤 9시 13분*

저녁에 엄마한테 가서 요즘 무슨 일이 있냐고 물어봤다. 엄마가 말했다. "레이첼, 엄마가 할 말이 있어. 아드난이 영구적으로 여기서 살 수 있게 하려면 우리가 결혼을 해야 돼. (그건 나도 이미 알고 있었다.) 그리고 엄마 엉덩이에다가 아드난 문신을 새겼어."

그러고는 "유후!" 하면서 바지를 살짝 까 내렸다. 엄마 엉덩이에 빨간 팬티를 입은 시커먼 보디빌더의 그림이 새겨져 있었다.

나는 내일 학교에 가야 하고 초서에 관한 에세이도 써야 한다.

그런 내게 엄마는 물었다. "어때?" 나는 진심으로 솔직히, 완전 끔찍하다고 말해줬다. 그러자 엄마가 말했다. "아, 재미있잖니." 아뇨, 엄마. 재미는 앨턴 타워 테마파크에 가서 찾아야죠. 꼭 쪼이는 빤스를 입은 남자의 문신을 엉덩이에다가 15센티미터 크기로 새기는 건…… 만약 내가 그랬으면 어땠을 거 같아요?!

난 지금 더 케인 갱의 〈천국에 가장 가까운Closest Thing to Heaven〉을 들으며 앉아 있다. 아름답고 부드럽고 감미로운 노래다. 문신을 새긴 커다란 엉덩이와는 아주 거리가 먼 노래.

가끔 잡초와 미치광이로 가득한 들판에 홀로 피어난 몹시 진귀한 꽃이 된 기분이다.

아뇨, 엄마. 오벌틴 음료수 필요 없어요. 나한테 그딴 음료수를 내민다고, 애처럼 군 엄마 행동이 무효가 되는 건 아니에요.

1990년 3월 7일 수요일
문신에 대한 토론

🔔 *저녁 8시 35분*

촛불을 켜놓고 앉아 있다.

오늘 학교에서 문신에 관해 한바탕 논쟁을 했다. 아이들은 자기도 문신을 하고 싶다고 했다. 미아는 배에다가 해마 문신을 할 계획을 이미 세워놨다고 했다. 지금이야 괜찮겠지만 나중에 아기라도 낳으면 어쩌려는지. 우리 엄마는 걸을 때마다 엉덩이에 새겨진 문신이 젤리처럼 흔들거린다고 미아에게 말해주었다.

난 문신을 하지 않을 거다. 안 그래도 마음에 안 드는 몸뚱어리에 낙서까지 해서 더 망치고 싶지 않다.

1990년 3월 11일 일요일
핀저씨 (핀 아저씨)

🔔 *새벽 2시 34분*

선반에 물건을 채우는 일이 남자한테 어떤 영향을 미치는지 모르겠지만, 어쩌면 한참을 못 봐서 그런지 핀은—아, 네가 그를 직접 봐야 하는데. 핀은 완벽 그 이상이야—나를 보더니 무척 반가워했다.

튀긴 소시지가 핀에게 우리 엄마의 문신에 대해 얘기해주었다. 어제 저녁 튀긴 소시지는 나를 데리러 우리 집에 들렀다가 엄마에게 문신을 좀 보여달란 말을 하기까지 했다. 엄마가 그 자리에서 보여주진 않았지만 시간문제일 것 같다. 엄마는 지역 신문인 〈더 머큐리〉에 자기 엉덩이 문신 사진을 싣고도 남을 사람이니까.

어쨌든 핀은 문신이 시간낭비라고 생각한다.

가끔 보면 핀은 중년 아저씨처럼 말하는 것 같다! 하지만 아저씨는 절대 아니다. 핀은 핀일 뿐이니까. 남들이 뭐라고 생각하든 전혀 신경 쓰지 않는 부류다. 사타구니에 손잡이가 있고 배에 식스팩이 있다는 걸 빼면 나랑 비슷하다.

아니, 나랑은 안 비슷하다. 나는 남들이 뭐라고 생각하는지, 나를 좋아하는지 아닌지에 늘 신경 쓴다. 나는 핀에게 '남들이 뭐라든 신경 안 쓰는 법'을 배워야 한다.

더 비러브드의 〈태양은 떠오르고The Sun Rising〉를 듣고 있
다. 내 마음은 칠흑같이 어두운데 노래는 화창하구나.

1990년 3월 13일 화요일
운전면허

나오미가 오늘 또 운전면허 시험에서 떨어졌다. 세인트 피
터스 힐 거리에서 또 갑자기 시동이 꺼져버렸다고 한다. 휴게
실에서 나오미는 엉엉 울어댔다. 나는 위로를 해주었다. 피터
버러에서는 언제든 운전면허 시험을 볼 수 있으니 걱정하지
말라고! 하지만 나오미의 기분은 별로 나아지지 않았다.

충분히 축복 받고 사는 인생이라는 걸 자각하고 덜 감상적
으로 굴어도 되는 사람들이 있다. 적어도 나오미는 자동차를
사주고 운전 실습도 시켜줄 부모님이 있다. 우리 엄마는 나한
테 구루 조시의 앨범을 사준 바람에 돈이 없어 죽겠다고 지금
도 구시렁대고 있는데 말이다.

1990년 3월 18일 일요일
사랑스러운 재스민

🔔 *밤 9시 34분*

모트에게 전화를 걸어 한참 동안 얘기를 나눴다. 모트는 튀긴 소시지가 재스민을 좋아하는 것 같다고 했다. 사실 재스민은 정말 사랑스럽다. 그런 여자들은 미워할 수가 없다. 아름다운데다가 같이 있는 사람을 편안하게 해준다. 게다가 항상 데이비드 보위의 음악을 듣는다. 데이비드 보위의 〈스타맨 Starman〉이란 노래의 가사가 '채널 2에서 내 엉덩이를 볼 수 있어'가 아니라 '채널 2에서 그를 볼 수 있어'라고 말해준 것도 재스민이다. 가사까지 알고 있다니. 그런 애랑 내가 어떻게 경쟁을 해?

1990년 3월 22일 목요일
강박

🔔 *오후 5시 13분*

현관문을 잠갔는지 수차례 확인하는 모습을 오늘 바크 부인에게 들키고 말았다. 구시렁대는 바크 부인에게 나는 얼른 말했다. "우리 집 문이 원래 잘 잠기질 않아서요." 물론 사실이

아니었다. 나는 문을 잘 잠갔다는 걸 알면서도 어쩐지 문을 잠
그지 않고 열어놓았다는 생각이 자꾸만 들어서 여러 번 확인
하는 것이다.

자기 아들 이름을 마크라고 짓는 바크 가족이 나에 대해
어떻게 생각하든 물론 신경 쓰지 않는다. 마크 바크가 뭐람.

아니다. 이건 옳지 않다. 그 이름이 뭐 어때서.

이번 생리는 참 사람을 힘들게 하는 것 같다.

1990년 3월 25일 일요일
천상 여자

🔔 *오전 10시 28분*

엄마한테 족집게 좀 달라고 했다. "어머, 눈썹 다듬게?"
"아뇨, 카세트 헤드에 휴지가 껴서 빼내려고요." 이 말에 엄마
는 약간 실망한 눈치였다. 내가 드디어 진짜 여자로 변하는 줄
아셨나 보네.

아니거든요.

1990년 3월 26일 월요일
축제 구경

🔔 *밤 9시 36분*

아까 사람을 죽일 뻔했다.

둔탱이랑 같이 축제 구경을 갔다. 둔탱이랑 같이 다니면 항상 웃음이 나고 즐거웠다. 우리는 늘 타던 놀이기구를 거쳐 '배스 로'를 탄 다음, '조디악'이라고 하는 새로 나온 놀이기구에 올랐다. 거대한 원판 가장자리에 좌석들이 쭉 배치되어 있고 위아래로 들썩이는 놀이기구다. 자리에 앉자 더 바 케이스의 〈소울 핑거Soul Finger〉가 흘러나왔고 조디악이 미친 듯이 들썩였다. 탑승한 사람들을 이리저리 내던졌고 나도 수염 난 중년 아저씨한테 떠밀려갔다. 아저씨가 꽤 잘 버티긴 했지만 아무래도 내가 그 아저씨의 손목을 분질러놓은 것 같다. 툭하면 나한테 욕을 해대는 이 동네 머저리들 중 한 명을 깔아뭉갰으면 좋았을걸. 다들 내가 넘어진 꼴을 보며 웃어댔다. 왜 나는 맨날 이렇게 똥 같은 일을 겪어야 하지? 앨턴 타워 테마파크에서도 그랬다. 남들 앞에 내 모습을 드러내면 늘 끝이 좋지 않다. 테마파크도 축제도 펍도 학교도 똑같다. 내 방만 빼고는 다!

가끔 가게 진열장에 비친 내 모습을 본다. 엄청나게 많은 공간을 차지하고 있다. 내 몸의 윤곽. 내가 아니라고 말하고 싶다. 이 망할 껍데기를 벗어버리고 찢어버리고 싶다.

축제에서 좋았던 일 한 가지. 둔탱이가 러버덕 낚기 게임을
잘해서 금붕어를 받았다. 둔탱이는 열여덟 살이고 그런 상품
을 받고 좋아하기에는 나이가 좀 많지만 뭐 어때. 우리는 담배
이름을 그대로 따서 금붕어를 '실크컷'이라고 부르기로 했다.

1990년 3월 27일 화요일
나 빼고 다 연애해

🔔 저녁 8시 55분

나 지금 너한테 완전 분통을 터뜨리는 거야, 일기야. 이 얘
길 너한테 쓰고 싶지도 않아.

운명이라는 건 한 번 발동이 걸리면 끔찍하게 뒤틀려져 사
람 속을 뒤집어놓는 것 같아. 감정 과잉으로 들릴지 모르지만
사실이야. 튀긴 소시지가 재스민 밥스랑 사귀기로 했대.

지금 내 기분이 어떤지 짐작하겠지.

빌어먹을 승자가 모든 걸 다 차지하는 세상이야.

1990년 3월 28일 화요일
실크컷

🔔 *저녁 8시 25분*

실크컷이 죽었다. 금붕어는 오래 살지를 못한다.

차라리 내 앞에 놓인 설탕 젤리가 더 오래 살지. 그것도 뭐 기적이겠지만.

아, 열 받는다.

1990년 3월 30일 금요일
엘비스 프레슬리와 나의 공통점

🔔 *늦은 시각*

볼츠 펍에 갔다 왔다. 튀긴 소시지와 재스민은 완전히 사랑에 빠진 모양새다. 관심 밖으로 밀려난 나는 예비 부품이 된 기분이다. 〈렌타고스트〉(영국 BBC 텔레비전에서 1976년부터 1984년까지 방영했던 어린이 코미디 쇼 – 옮긴이)에서 무언극을 하는 말[馬] 같기도 하고.

핀은 축제 게임에서 이겨 상품으로 받은 사랑스러운 푸들 인형을 여친에게 줬다. 바구니에 공을 집어넣는 게임은 진짜 잘한다. 다들 놀려댔지만 인형은 귀여웠다. 재미도 있고. 역시 핀이다.

펍에 잠시 머물던 핀은 얼마 후 밤의 어둠 속으로 나갔다. 그래, 나는 혼자 집으로 갈게. 안 바래다줘도 돼, 핀. 목초지를 걸어가면서 케이트 부시의 노래를 듣지 뭐. 어두컴컴한 길을 걸으면서 〈클라우드버스팅Cloudbusting〉을 들을 거야. 그래. 그리고 집에 와서 일기를 쓰고 맛없는 음식이나 먹지 뭐.

일기야, 나 너무 외로워서 죽을 것 같아.

젠장. 나 꼭 엘비스처럼 말하네. 엘비스도 약물을 과다 복용해서 죽었는데. 그는 섹스도 실컷 했고 경력도 화려했다는 게 나와는 다르지만.

4월

April

1990년 4월 2일 월요일
철의 여인, 대처

🔔 *저녁 6시 39분*

나는 대처 수상이 싫지만, 어쩌면 그렇게 늘 자신감에 차 있는지 궁금하기도 하다. 언제든지 뭐든지 하고 싶은 대로 하는 그 자신감. 모두가 자기를 패죽이고 싶어 하는데도 그 여자는 아랑곳하지 않는다. 나는 매사에 전전긍긍하는데. 어느 쪽이 사이코일까? 나일까, 아니면 대처일까?

엄마는 내가 원하기만 하면 나중에 총리도 될 수 있을 거라고 말한다. 엄마, 나는 집 밖으로 나가는 것도 힘든 사람이에요. 모르셨어요? 머릿속이 이 모양인데 어떻게 외국을 돌아다니면서 문제를 해결해요? "얼 총리님, 부시 대통령이 위기에 관해 논의코자 만나고 싶어 하십니다!" "기다려요. 다리미 전원이 꺼졌는지 서른여섯 번째 확인 중이란 말이에요." 이런 식일 텐데, 총리 노릇을 잘도 하겠네요.

그래도 엄마가 나를 그만큼 믿어준다고 생각하니 기분은 좋다.

1990년 4월 4일 수요일
졸업앨범 롤링페이퍼

🔔 저녁 6시 34분

모트가 우릴 위해 특별한 졸업앨범을 만들어주기로 했다. 그러려면 우리는 온갖 질문에 답변을 해야 한다. 애완동물을 싫어한다/좋아한다, 나중에 이 학교의 무엇이 가장 그리울 것 같은가/덜 그리울 것 같은가, 당신이 달성한 제일 큰 성과는 무엇인가 같은 질문들. 이 졸업앨범은 영원토록 따라다닐 테니, 답변을 쓸 때 신중에 신중을 기해야 한다!

🔔 밤 10시 56분

내 별명 칸을 채우는 데 한 시간이나 걸렸다.

1990년 4월 6일 금요일
다시 태어나야 해

🔔 저녁 7시 33분

졸업앨범에 들어갈 답변지를 오늘 모트에게 넘겼다. 내 답변지는 다소 긴 편이었다. 지금 생각해보니 피시케이크를 엄청나게 먹었다는 얘길 왜 썼을까 후회가 된다. 도대체 왜 그랬을까? 웃기는 뚱녀로 평생 기억되고 싶진 않다. 멈춰야 한다. 더는 이렇게 살 순 없다. 끝내야 한다. 하지만 두렵다. 웃기는 뚱녀 말고 내가 어떤 사람이 될 수 있는지 모르겠다.

아, 닥쳐 레이.

시크릿 어페어의 〈내 세상My World〉을 듣고 있다. 이렇게 멋진 노래를 들으면서 계속 기분 나쁜 상태로 있는 건 불가능하다. 기분이 나빠보려고 했지만 되지를 않는다.

1990년 4월 7일 토요일
떨리니까 말 걸지 마

🔔 **밤 11시 22분**

핀이 졸업앨범에 자기 얘기도 썼냐고 물었다. 웃겨!

그는…… 작년 졸업앨범을 만들 때 내 얘기를 언급조차 안 했다! 내가 이룬 제일 큰 성과가 뭐냐고? 핀을 볼 때마다 흥분한 셰퍼드처럼 그에게 달려들어 핥고 싶지만 꾹 참았다는 거.

물론 그런 내용을 답변에 적지는 않았지만 사실이다!

거기에 그에 대해 쓰긴 했지만 지금은 핀에게 말 안 해줄 거다.

1990년 4월 9일 월요일
어떻게 하지

🔔 **밤 11시 26분**

모트와 한참 얘기를 나눴다. 모트는 내 심정이 어떤지 전부 이해해주었다. 인쇄소에 전화해서 내가 쓴 답변 중 마음에 걸리는 부분을 뺄 수 있는지 알아보겠다고 했다. 모트는 해낼 거다. 항상 그래왔으니까.

1990년 4월 11일 수요일
망했다

🔔 **오후 4시 58분**

인쇄소가 이미 인쇄를 마쳤다고 한다. 이제 내 뒤에는 영원히 피시케이크녀라는 별명이 따라다니게 생겼다.

망했다.

1990년 4월 14일 토요일
나다운 것

🔔 *밤 11시 38분*

저녁에 핀과 얘기를 나눴다.

핀   괜찮아?

나   **응. 왜?**

핀   요즘 너답지 않은 거 같아서.

나   **그냥 좀 그럴 일이 있어.**

핀   잘 해결될 거야.

나   **그럴까? 정말 그럴 거라고 확신해?**

핀   아니. 하지만 안 될 건 또 뭐야. 넌 재미있는 애잖아. 아는 것
       도 많고. 지금까지 온갖 엿 같은 일들을 겪으면서 여기까지 왔
       고 말이야.

나   **네 말이 맞을지도 모르겠다.**

잘 해결될 거라는 말을 나는 전혀 믿지 않지만, 그래도 그
런 말을 해주는 그를 사랑할 수밖에 없다.

이 와중에 튀긴 소시지는 옆에서 계속 바보 같은 소리만
해댔다.

1990년 4월 16일 월요일
돌연변이

🔔 **오후 5시 43분**

집에서 이렇게 우울했던 적이 없는 것 같다. 엄마는 늘 못되게 군다. 내가 얼마나 괴로운 일을 겪고 있는지 전혀 관심이 없다. 마음이 너무 불편해서 이층에만 처박혀 있다. 엄마는 완전 이기주의자다.

무언가를 위해 혹은 누군가를 위해 살고 싶은 마음도 없다. 전부 다 나보다 얄팍하고 역겨운 인간들뿐이다. 왜 나는 이렇게 외로운 걸까?! 이 망할 고통, 도대체 언제 끝나는 거야? 이 글을 보면 나를 동정심이나 사려는 쓰레기 같은 년으로 여기겠지만, 아무도 이 일기를 볼 일이 없으니 괜찮다!

역겨워 미치겠다. 아, 이것도 헛소리다. 사람들은 나보다 훨씬 더 지독한 곤경에 빠져 있다. 난 그냥, 항상 지쳐 있다. 섹스는 꿈도 못 꾸고 책상 앞에 앉아 찻잔을 들고 있는 아줌마처럼 괴롭다. 난 쓸모없는 인간이다. 아무것도 할 줄 아는 게 없다. 나를 쥐어박고 때려야겠다. 안 될 이유도 없잖아? 난 맞아도 싸.

난 돌연변이다. 감사할 줄 모르는 년 같지만 어쩔 수가 없다. 나는 목소리도 크고 우스갯소리도 잘하지만 남자들은 나를 좋아하게 되기 전에 일단 싫어하고 본다. 난 괴물이고, 비정상이다.

네 모든 친구들이, 심지어 엄마까지도 애인이 있다면 기분이 어떨 것 같은가? 나만 늘 구스베리처럼 뚱뚱해. 나는 결함이 많다. 잠이나 자야겠다.

1990년 4월 19일 목요일
죽은 고슴도치

🔔 저녁 7시 32분

에이비씨의 〈온 마음All of My Heart〉을 듣고 있는데 바크 부인이 우리 집 앞 잔디밭에서 죽은 고슴도치를 치우려 하고 있다.

급기야 남편에게 삽을 가져오라고 소리친다. 바크 아줌마, 당신이 내 노래를 망치고 있다고요!

1990년 4월 20일 금요일
뚱녀에 관한 편견

🔔 밤 11시 45분

핀은 술에 취하지 않으면 사람들하고 잘 어울리질 못한다고 내게 털어놓았다.

그런데 사람들은 거의 다 핀이 아주 쿨한 놈이라고 생각한다. 사실은 그렇지가 않은데 말이다. 그렇게들 생각하는 이유는 핀이 몸매가 좋기 때문이다. 그가 쿨하지 못한 놈일 거라고는 상상을 못 하는 거다. 사람들이 나에 대해 갖는 편견과 비슷하다. 나는 뚱뚱하다는 이유로, 핀은 몸매가 좋다는 이유로 편견의 대상이 된다.

하지만 불쌍하지는 않다. 핀이 되고 싶어 미치겠다. 아니, 핀과 함께 있고 싶어 미치겠다.

1990년 4월 22일 일요일
토요일 밤의 명암

🔔 오후 4시 31분

안녕, 일기야. 이 세상의 제정신을 유지해주는 마지막 수호자가 드디어 완전히 미쳐 발광하나 봐.

진짜 엄청난 일이야. 5월 1일에 병원에 오라는데, 병원에 가면 그들이 나를 잠들게 할 거야.

그 편지가 온 건 어제였는데 엄마가 여태 숨기고 있다가 지금에야 보여줬어. 시험공부를 마치고 토요일 밤을 신나게 보내게 해주고 싶었다나. 나를 여전히 빌어먹을 일곱 살 꼬맹

이로 취급하고 있는 것 같지만 그래도 고맙다고 해야겠지.

마취제를 놓을까 봐 무서워. 엄마가 병원에 전화해서 나한테 마취제 말고 진정제를 놓아달라고 부탁할 거야. 그래, 잠이 드는 것보다는 아파도 정신 차리고 있는 게 낫겠지.

견디기 힘들지만 그래도 오늘 저녁에 무화과네 집에서 열리는 파티에 갈 거야. 시험이 닥쳐오기 전 마지막으로 열리는 큰 파티야.

1990년 4월 24일 화요일
마취제

🔔 밤 11시 1분

진정제가 아니라 마취제를 놓아야만 한다. 빠져나갈 길이 없다. 엄마가 부탁했지만 통하지 않았다.

괴상한 저녁, 괴상한 낮이었지만 멋지기도 했다.

아름다운 날이었다. 화창해서 기분까지 달라졌다. 우린 학교에서 한바탕 신나게 물싸움을 했다. 그리고 나는 모트에게 전화를 걸었는데 통화 중이라서 둔탱이에게 걸었다. 그런데 63401번 공중전화 박스로 멍청이들이 모여들어서 하는 수 없이 62929번 공중전화 박스로 옮겨가야 했다. 다시 모트에게 전화를 해서 한참 동안 수다를 떨었다. 그런데 어떤 놈이 공중

전화 박스 바로 밖에서 자전거를 타고 돌진해오고 있었다. '무례하고 멍청한 놈'이라고 생각하고 있는데 가만 보니 핀이었다!! 핀이 나를 만나러 온 거다! 쪽지를 전해주려고! 심장마비 걸리는 줄 알았다! 우리 집으로 나를 만나러 왔는데 엄마가 내가 여기 있다고 알려줬다고 했다.

그리고 집으로 들어오자마자 튀긴 소시지가 현관문을 두드렸다. 그는 기분이 무척 좋아 보였다.

학교는 평소와 똑같았고 튀긴 소시지와 핀도 마찬가지였다. 그런데 도대체 왜 나는 A레벨 시험을 앞두고 마음을 졸이며, 똥구멍 속에 종양이나 키우고 있는 걸까?

1990년 4월 25일 수요일
할배 잠옷

🔔 *저녁 8시 13분*

엄마가 비와이즈 옷가게에서 잠옷을 사다줬다. 파란색과 흰색 줄무늬가 쭉쭉 그어진, 할배들이나 입을 것 같은 잠옷이었다. 미국 만화 영화 캐릭터인 베티 붑이 그려진 잠옷보다는 낫지만 말이다.

잠옷 말고도 병원에서 쓰라고 세면도구 가방도 사왔다. 엄마가 나한테 잘해주려고 애쓰고 있다는 건 알지만, 병원 생각만 하면 무서워서 죽을 것 같다. 이런 식으로 떠올리기보다는 차라리 잊어버린 채 있고 싶다.

1990년 4월 26일 목요일
올리버스 나이트클럽

🔔 오후 5시 21분

일기야, 이따가 저녁에 올리버스 나이트클럽에 갈 거야. 다음 주에 병원에서 죽을지도 모르는데 춤이라도 더 춰둬야지!! 핀도 올 거라는데 놓칠 수 없지!

쪽지라도 남겨둘까 봐. 내가 수술을 받다가 혼수상태에 빠지면 핀을 내 옆으로 데려오라고, 그럼 정신이 들 거라고.

1990년 4월 29일 일요일
호기심 많은 소녀라니

🔔 밤 9시 32분

지금 나는 스탬퍼드 병원에 와 있다. 이 수술을 견뎌낼 수 있을 것 같지가 않다. 죽을 거다. 괴롭구나. 내 침대 끝에 있는 진료 기록을 봤는데, 의사가 나에 대해 '호기심 많은 소녀'라고 적어놓았다. 호기심이 많은 것과 내 결장 속의 종양이 무슨 관계가 있는지 모르겠다. 전에 엄마가 병원에 입원했을 때 의사는 엄마를 문신을 새긴 여자로 묘사했었다. 의사들은 자기네가 신인 줄 아나 보다.

도망치고 싶다. 배와 엉덩이가 계속 아프겠지만 죽는 것보다는 낫지 않을까.

1990년 4월 30일 월요일
플라스틱 식물과 유언장

🔔 *저녁 7시 39분*

이상하게도 오늘 정말 멋진 하루를 보냈다. 수술을 앞두고 체중을 달아야 하기는 했지만 (몇 킬로그램이나 나가는지는 묻지 말기. 궁금해하면 나빠요.) 제일 먼저 튀긴 소시지가 문병을 와서 오랫동안 수다를 떨다가 갔다. 핀도 자기가 일하는 가게에서 사온 조화 화분을 들고 찾아와 "진짜 꽃보다 이게 더 오래 가"라고 말했다. 핀은 일하다가 온 거라면서 다시 가봐야 한다고 했다. 병실에 진짜 식물은 둘 수가 없어 병원 측에서 죄다 수거를 해 가지만 이산화탄소를 배출하지 않는 내 식물은 계속 병실에 놓아둘 수가 있다. 정말 완벽한 식물이다.

길게 써야겠다. 우울한 내용도 있겠지만 그래도 다 적어야지.
감상적인 레이 얼 입장이다.
모든 사람들에 대해 쭉 써보자.

엄마

가끔은 엄마가 밉지만 거의 항상 사랑한다. 엄마처럼 성격이 강한 사람은 본 적이 없다. 엄마는 수많은 난관을 뚫고 살아왔다. 내가 진짜 형편없이 굴 때도 엄마는 나를 돌봐줬다. 나는 엄마를 믿고 사랑해요. 그게 전부예요.

핀에게

친구야, 이제 솔직히 말해야 할 때인 것 같아. 너는—
1) 정말 멋진 사람이야.
2) 외모도 멋져. 넌 모든 면에서 끝내줘. 섹시해.

그러니까 너 자신에 대한 의심은 집어치우고 내 얘기 잘 들어. 껍데기를 치우면 너와 나는 똑같아. 감수성이 예민한 영혼들이지. 나는 너를 미치게 사랑했어. 나에 대한 네 감정이 나랑은 같지 않다는 걸 알기 때문에 난 살아서는 이 말을 할 수가 없었어. 어쨌든 그만 숨어! 네 본모습을 아는 사람들은 누구나 너를 사랑할 거야. 잘생기고 몸매가 완벽한데, 내면도 특별해. 그걸 잊지 마. 넌 선하고 순수한 사람이야.

고집 부리지 마. 너를 제대로 알고, 네 엿 같은 부분까지 다 아는 몇몇 사람들이 하는 얘기에 귀를 기울이도록 해. 넌 잠재력이 엄청나. 이쯤에서 넌 혀를 차면서 눈썹을 위로 잔뜩 치켜뜨겠지만 내 말 믿어!

내가 뭘 하려고 했는지 알아? 살을 잔뜩 빼려고 했어. 그래서 네가 나한테 뻑이 가서 나를 사랑하길 바랐어. 아, 모르겠다. 이건 진짜 동정심에 호소하는 것 같아 싫지만, 그래도 솔직히 널 많이 좋아했어. 너를 안고 싶었지만 네가 나를 밀어낸 거야.

그저 너를 사랑한다는 말밖엔 할 말이 없네. 너 같은 친구를 둬서 영광이었어. 너랑 진심으로, 진짜로 사귀고 싶었어. 넌 내 최고의 친구 중한 명이었어. 진심이야. 사랑한다. 핀. 레이가 씀.

추신

나는 네 생각보다 너에 대해 더 잘 알아. 그러니까 이런 말을 할 자격도 있다고 생각해. 난 네 생각을 엄청나게 많이 하거든.

모트

모트야, 넌 참 좋은 친구야. 널 많이많이 사랑해. 너보다 좋은 친구는 세상에 없을 거야.

레이가 씀.

추신

이전보다 메시지가 짧지? 넌 충분히 강한 아이니까 이제 내 멍청한

83

충고가 필요 없을 거라 생각해서야. 내 음반들이랑 스머프 인형들 다 네가 가져.

다들 코를 골며 자고 있다. 웃긴다! 슬슬 피곤하다. 나는 이 세상과 친구들을 사랑한다.

튀긴 소시지에게
술에 취하면 완전 또라이가 되지만 그래도 널 사랑한다, 친구. 어디 가서든 너를 지켜줄게. 사랑해. 레이가 씀.

좋은 인생이었다. 아니, 좋은 인생이다. 긍정적이 되자.

병원에서 내 침대 머리맡에 항상 '금식' 표지판을 달아주 었으면 좋겠다. 레이에게 먹을 것을 주지 마세요.

5월

May

1990년 5월 1일 화요일
드디어 수술

🔔 *밤 10시 35분*

치명적이다. 뭔가 잘못될 것만 같다. 지금 나는 에로틱한 환상 소설을 쓰고 있는 걸까. 하하! 그래, 맞아. 충격적으로 쓸 거야.

의사가 들어와 내 옷을 벗긴다. 그는 나를 남성적인 분위기가 물씬 풍기는 커다란 침대에 눕힌다. 내가 시트 밑으로 숨자 그도 옷을 벗는다. 그는 나를 야생마라고 부르며 길들이겠다고 말한다. 우리는 미친 듯이 열정적으로 소리를 지르며 사랑을 나누고 나는 그의 품에 쓰러진다.

나는 지금 얇고 투명한 수술용 팬티를 입고 있다. 더는 낯 뜨거운 상상을 할 수가 없다.

젠장. 내 머리니까 내 마음대로 내가 좋아하는 상상을 할 거다. 누가 말려.

1990년 5월 2일 수요일
집으로

🔔 *오후 3시 12분*

수술을 마치고 집에 돌아왔다!!

어제 쓴 일기를 다시 봤는데 내가 이런 글을 썼다는 게 믿어지지 않는다. 좀 도발적이긴 하지? 꽤 멋지게 표현을 한 것 같다.

이제 나는 섹시한 감성을 느껴도 된다 이거야!

1990년 5월 4일 금요일
무정한 레이 얼

🔔 *밤 9시*

나라는 인간은 냉랭하기 그지없다. 하지만 그를 안고 싶다.

나라는 인간은 어쩌면 이렇게 못될 수가 있지? 어차피 아무 짓도 못하겠지만⋯⋯. 핀의 여친은 힘든 시기를 보내고 있고, 나는 그 여친이 털어놓는 핀에 대한 얘기를 전부 듣고 있다. 나는 이 여자애가 참 마음에 든다. 하지만⋯⋯.

어떻게 이런 얘길 쓸 수가 있는 거야?!

1990년 5월 8일 화요일
스스로를 사랑하는 방법을 알려줘요

🔔 *밤 9시 20분*

우스꽝스럽다. 큰 수술을 받은 후인데, 나라는 인간의 총체적인 무능력에 대한 생각이나 하고 앉아 있다.

나는 냉랭하다. 사람들을 포옹할 수가 없다. 그래서 지독하게 외롭다. 이 외로움이 나를 갉아먹는다. 아침에 일어나 문득 '오늘은 레이를 볼 수 있으면 좋을 텐데'라고 생각하는 사람은 단 한 명도 없다. A레벨 시험이 한 달도 채 남지 않았다. 이대로라면 대학에 가지 못한다. 그럼 어떻게 이 집을 벗어나지? 나는 나를 사랑해줄 수 없는 사람들을 사랑한다. 세상에서 제일 아름다운 남자를 사랑한다.

머릿속 나쁜 생각을 몰아내려 얼마나 더 내 몸을 스스로 때려야 하는 걸까. 나는 배은망덕한 인간이며 거의 종일 나 자신을 증오한다. 이것은 심각한 죄다. 정신과 의사들은 하나같이 완전히 쓸모없는 인간이 아닌 이상 스스로를 사랑하라고 말한다. 그런데 도대체 어떻게 자신을 사랑할 수가 있어? 그들은 방법을 말해주지 않는다.

어떻게 이따위 인간을 사랑할 수 있느냔 말이야?????????

1990년 5월 10일 목요일
라이언이라는 애

🔔 *밤 10시 35분*

라이언에 대해 자세히 말한 적 없을 거다.

사람들한테서 그런 종류의 분위기를 감지할 때가 있지 않은가? 오늘 저녁에도 라이언이 내 주변에서 엄청 얼쩡거렸다. 내가 한마디 했더니 라이언이 말했다. "레이, 오 분 전까지만 해도 난 널 원했지만 이젠 아니야."

아니, 그는 나를 원한 게 아니다. 흔해 터진 호감일 뿐이고 나를 쉬운 상대라고 생각했던 거다. 걸레로 여겼다는 뜻이 아니라, 내가 섹스에 목말라서 그런 식으로 누가 접근하면 덥석 물 줄 알았던 거다. 하지만 나는 아무하고나 그러고 싶지 않다. 라이언은 좋은 애지만 나는 그를 원하지는 않는다.

1990년 5월 12일 토요일
꿈인가 생시인가

🔔 *밤 12시 25분*

저녁에 핀이 나한테 엄청 잘해줬다. 내 몸에 팔을 둘러줬다. 꿈인가 싶었다. 하지만 난 그를 같이 안아줄 수가 없었다.

핀은 아르바이트하는 가게에서 장식용 반짝이 조각들을 포장
하다가 계단에서 발을 헛디뎌 떨어졌단다. 농담이 아니라, 나
는 핀을 사랑한다. 진심으로 사랑한다. 이건 사랑에 멍든 십대
가 주절거리는 헛소리가 아니라고요, 엄마!

내가 원하는 대로 대답

🔔 오후 5시 12분

둔탱이가 멋진 아이디어를 냈지만 나는 기절할 만큼 두려
웠다. A레벨 시험을 모두 마치면 로니, 프래글과 함께 콘월 주
로 놀러 가자는 아이디어였다. 나도 가고 싶지만 콘월은 수 킬
로미터나 떨어진 곳이다. 수 킬로미터. 자동차로 일곱 시간 거
리. 휘발유 값으로만 백오십 파운드가 넘게 나갈 것이고 그 외
에도 돈이 든다. 엄마한테 아빠 생각은 어떤지 물어봐달라고
할 거다. 아빠가 '안 돼'라고 하면 난 안 가도 되니까. 친구들에
게 내 머릿속 상태에 대해 털어놓을 수는 없다. 창피하다.

🔔 저녁 8시 49분

엄마가 아빠랑 통화를 하러 공중전화 박스에 갔다 왔다. 콘
월 여행에 대한 아빠의 대답은 '돼'였다. '돼'를 원할 때는 '안

돼'를, '안 돼'를 원할 땐 '돼'라는 대답을 얻는구나.

1990년 5월 17일 목요일
미래의 남편에게

🔔 오후 5시 23분

내 수술은 완전 성공이었다. 의사들은 내가 암에 걸린 건 아니지만 평생 주의해야 하고, 오 년마다 한 번씩 검진을 받아야 한다고 했다. 미래의 남편에게 이 얘기를 해주고 싶어 미치겠다!

레이 얼, 완전 대박이야.

1990년 5월 19일 토요일
핀의 여성 취향

🔔 밤 11시 12분

핀과 튀긴 소시지가 카일리 미노그의 몸매에 대해 떠드는 얘기를 밤늦게까지 듣고 있어야 했다. 튀긴 소시지는 볼츠 펍의 주크박스에서 일곱 번이나 〈구관이 명관이야Better The Devil You Know〉를 틀어댔다. 둘이 죽이 맞아 떠들길래 나는 일찌감

치 집으로 돌아왔다.

사실, 카일리 미노그는 다이어트에 성공했기 때문에 우리처럼 얼굴은 예쁜 뚱녀들에게는 꽤 자극을 주는 사람이다. 그렇다고 카일리 미노그가 엄청나게 뚱뚱했던 건 아니지만 그래도 사람이 작정하면 살을 뺄 수 있다는 걸 보여준다. 하지만 내 몸의 살이 빠지길 바라느니 몸 좋은 남자가 성전환을 하길 바라는 게 낫지.

나는 사람들이 와서 내 문제를 해결해주길 기다리는데, 사실 그들은 그럴 능력이 없다!

그게 내 문제다. 아무도 대신 해줄 수 없다. 대신 문제를 해결해줄 수 있었으면 벌써 해줬겠지.

핀이 망할 구레나룻을 기르고 있다. 그래도 여전히 멋져 보이기는 한다.

1990년 5월 21일 월요일
울컥 짜증

🔔 *저녁 8시 12분*

졸업앨범을 받았다!!

다들 신이 났는데 나는 약간 화가 났다. '나중에 이 학교의 무엇이 가장 덜 그리울 것 같은가?'의 답변에 꽤 많은 아이들이 나에 대해 썼기 때문이다.

> *짜증나게 만드는 레이*
> *독선적이고 사람을 가르치는 레이*
> *울컥 짜증을 내는 레이*
> *레이의 노래*
> *쉬는 시간에 빈대 붙는 레이*
> *말 많고 시끄러운 레이*

'나중에 이 학교의 무엇이 가장 그리울 것 같은가?'의 답변에도 나에 관해 쓴 아이들이 많았지만, 기분은 완전 별로다!

1990년 5월 24일 목요일
뭔 소리임?

🔔 *밤 10시 12분*

완전 열 받는 일이 있었다. 똥 같은 일이었다.

엄마는 나더러 열 받지 말라고 하지만 열이 오르는 걸 어떻게 해.

저녁에 학교에서 파티가 열려 몇몇 아이들과 와인을 들고 학교 복도에 서 있는데 (학교에서 와인이라니 평소 때라면 미친 짓이지!!) 어떤 여자 선생님이 우리 쪽으로 다가왔다. 그 선생님은 아이들에게 "캠브리지 대학교에서 넌 잘해낼 수 있을 거야" "넌 법 쪽으로는 타고났어"라고 말했고, 나를 돌아보더니 "레이첼, 넌 인생의 생존자야"라고 했다.

이게 도대체 무슨 소리래?!

인생의 생존자라고?! 생존자라고 하면, 소금물에 푹 절여진 채 상어 먹이가 되지 않으려고 난파선 잔해를 붙잡고 매달려 있는 그런 이미지다. 내가 그런 사람이란 말이야?! 생존자 따위 엿이나 먹으라고 해. 난 빛나는 사람이 되고 싶다. 저 하늘을 찢고 날아오르고 싶다.

엄마는 선생님이 나더러 강한 사람이라고 말한 거라고 했다. 아니, 생존자는 그저 살아남았다는 뜻일 뿐이다. 딱 그거다.

진절머리 난다. 카망베르 치즈는 파티에서 금지시켜야 한다. 헤로인처럼 중독성이 있다. 나는 드라마 〈그랜지 힐〉의 자모 맥과이어가 헤로인에 중독된 것처럼 오늘 저녁 카망베르 치즈에 중독돼버렸다.

1990년 5월 27일 일요일
내 인생의 문제들

🔔 *오후 3시 50분*

내 인생에서 잘못된 기본적인 것들.

그나마 쉬운 문제들

1) A레벨 시험 — 며칠밖에 안 남았음!!

2) 내 정신 상태. 혼란스러움.

3) 섹스 경험이 있다는 이유로 내 앞에서 거들먹거리는 사람들. 지들이 뭘 그렇게 잘 알아? '아, 그래. 넌 남친이 있지. 그렇다고 네가 뭘 제대로 알겠니?'라고 말하고 싶다. 알기는 개뿔!! 헛소리지. 아무것도 모른다. 전혀 모른다! 사람들은 내게 말한다. '아유, 넌 정말 좋은 사람이랑 결혼할 거야!' 잘난 척들 하고 있네. 내가 성적 매력이 철철 넘치는 섹스 머신급인 남자랑 결혼하고 싶다면 어쩔 건데??!!

4) 아무도 날 진심으로 사랑하지 않는다. 나를 안아주면서 '레이, 널 진짜로 사랑해'라고 말해주는 사람도 없다. 내가 목소리가 크고 짜증 나게 굴 때도 있기는 하지만 항상 그런 것도 아닌데! 왜 나를 사랑해주지 않지? 내 입 냄새가 구려서?

특별한 문제
핀

진짜 골치 아픈 문제다.

하지만 이런 식으로 글을 쓰는 게 유치하게 보인다는 거 안다. 그래서 안 쓸 거다. 운명이 또 나를 엿 먹일까 봐서다.

난 달라져야 한다.

1) 살을 빼자

2) 장점을 잘 유지하자

3) 단점을 없애자

펍에서 멋진 저녁을 보냈다. 분위기 400퍼센트 충전!

핀이 왔다. 내 꿈을 꿨다고 했다. 꿈에서 그가 할리 데이비슨 오토바이를 샀는데 내가 부셨다나. 내가 뭘 부수고 있었다고 해도 그의 꿈에 나왔다니 기분은 좋다.

나는 항상 그를 놀려먹는다. 피가 우리 몸 안에서는 파란색이지만 밖으로 나오면 빨간색인 것처럼. 내 마음도 그렇다.

1990년 5월 28일 월요일
시험공부해야 하는데

🔔 *오후 2시 36분*

어제 쓴 일기의 마지막 줄이 허세가 장난 아니다.

이제는 진짜 시험공부를 시작해야 한다. 나중에 그냥 펍 여주인이 되면 왜 안 되는 걸까? 아니면 해피 먼데이즈 밴드의 댄서 베즈처럼 살아도 좋겠다.

1990년 5월 31일 목요일
엄마가 신났다

🔔 *오후 5시 12분*

엄마가 신바람이 나 있는 이유는 아드난이 금요일에 돌아오기 때문이다. 노래를 하고 춤을 추는 거로도 모자라, 한밤중에 내가 병원에 가야 했을 만큼 지저분했던 집 안을 처음으로 먼지까지 털며 청소한다고 난리다. 아드난이 돌아온단다. 아드난이 내 A레벨 시험에 도움을 줄까? 아니. 그럼 그가 엘리자베스 1세 시대의 궁정 정치에 관한 전문가인가? 아니. 내가 A레벨 시험을 코앞에 두고 있는 지금 우리 집 식당이 또 온갖 운동기구가 갖춰진 체육관으로 바뀌는 건가? 그렇다. 아드난은 우리가 폴로 민트 사탕을 먹듯이 모리슨즈 슈퍼마켓의 스위스 롤 케이크를 한입에 털어넣을까? 그렇다.

엄마의 이기주의는 도저히 믿기지 않을 정도다. 다른 아줌마들처럼 평범한 남자랑 사귀라고요!! 요즘은 결혼이 수두룩하게 깨지는 판인데 왜 엄마는 돈도 많고 좋은 집도 갖고 있는 남자랑 결혼을 못하는 거지. 엄마는 모로코인들이 먹는다는 레몬 절임까지 어디서 구하려고 하고 있다. 맙소사, 레몬 절임이요?! 여긴 모로코의 마라케시가 아니라 스탬퍼드라고요. 통조림 귤도 엄청 이국적인 곳이란 말이에요!

우리는 어째서 평범하게 살지를 못하는 걸까?

6월

June

1990년 6월 1일 금요일
사랑이 넘친다

🔔 **저녁 7시 12분**

드디어 아드난이 왔다. 올리브 타진 냄새가 온 집 안에 진동을 하고 주방에서는 키스가 한창이다. 둔탱이랑 감자칩과 사과주가 있는 펍에나 가야겠다. 거기서 진한 키스를 하는 사람들은 전부 스무 살 미만이다.

1990년 6월 2일 토요일
오렌지색 담요

🔔 **둔탱이네 집. 늦은 시각. 많이 늦은 시각.**

튀긴 소시지가 둔탱이네 집 거실에서 남자 스트리퍼처럼 홀랑 벗고 뛰어다니면서 채드 잭슨의 〈드러머의 멋진 솜씨를 들어봐Hear the Drummer Get Wicked〉에 맞춰 오렌지색 담요를 마구 밟아대는 동안 그 담요 밑에 쥐처럼 숨어 A레벨의 셰익스피어 영어 과목을 준비하는 건 별로 좋은 생각이 아니었다. 하지만 이미 일어난 일이니 할 수 없지.

1990년 6월 4일 월요일
망쳤다

🔔 *오후 5시 45분*

여러분, 나 A레벨 시험을 망치고 있는 중이랍니다!

시작은 그럭저럭 괜찮았다. 영어 과목이었다. 그런데 불이 붙은 채 추락하는 비행기처럼 엉망진창 개판으로 흘러가고 있다.

로커비 사건(1988년 12월 21일 런던 히드로 공항을 출발, 뉴욕으로 향하던 팬암 항공 소속 보잉 747기가 스코틀랜드 로커비 상공에서 공중 폭발, 270명이 숨진 참사사건 - 옮긴이)이 자꾸만 생각이 난다. 그렇다는 것은 네가 어디서도 안전하지 않다는 뜻이다. 심지어 집에서도 말이다. 그 사건이 일어났던 날 밤 나는 정원에 나가서 자려고 했는데 엄마가 그러다 진짜 병난다면서 허락을 하지 않았다. 12월이라 꽁꽁 얼어붙게 춥긴 했다.

1990년 6월 7일 목요일
영국사

🔔 *저녁 8시 39분*

영국사 시험이다. 시험공부는 물론 잘해놓지 못했다.

시험 문제들 중에 제대로 이해되는 게 하나도 없었다. 그

중 하나가 '엘리자베스 1세 시대의 문화와 음악의 진보에 대해 설명하라'였다. 나는 이 오줌 같은 문제에 대해 소신 있게 답변을 썼다. 당시 같으면 고분고분한 노래만 부른 '뉴키즈온 더블록'은 인기를 끌었을 것이고, 가톨릭답지 않은 노래만 불러댄 마돈나는 이단으로 몰려 화형당했을 거라고 말이다. 내 얘기를 들은 모트는 천재적인 답이라고 말해줬지만, 빌어먹을 표준형 답만 찾고 있는 처녀 딱지도 떼지 못한 지루한 채점관에게는 그다지 인상 깊지 않았을 거라는 예감이 든다. 도대체 누가 시험지 채점하는 일 따위를 하려고 들까? 섹스도 못하고 지루하게 살고 있는 사람들이겠지.

아, 신이시여. 제발 A레벨 시험 채점관이 되지 않게 해주소서.

가끔 진짜 엄청난 스트레스를 받을 땐 내가 사탄일지도 모른다든가, 복막염일지도 모른다는 걱정을 덜하게 되는 것 같다. 영원히 학교에 다녀야 할까 보다. 안 돼, 레이. 허리둘레 38인치짜리 킬트 교복치마를 입은 네 모습은 정말 멍청해 보여. 아주 오래 전에는 31인치였지만 그 허리로도 교복치마는 안 어울렸어.

1990년 6월 8일 금요일
핀이 신문에 나왔다

🔔 *오후 5시 23분*

굉장한 날이었다!

엄마가 나를 부르더니 "네 친구 신문에 났더라"고 했다. 대수롭지 않게 생각했는데 막상 신문을 보니 핀이었다! 엄마는 "얘 정말 잘생기지 않았니?"라고 했다. 아, 이 말이 얼마나 억제된 표현인지. 매력 그 자체인 핀을 그 정도로밖에 표현을 못 하다니 경악스러울 지경이다. 핀은 팀원들과 함께 반바지 차림으로 쭈그리고 앉은 자세였다. 그 허벅지!! 그 엄청난 허벅지!! 일기야, 넌 그런 허벅지를 어디서도 본 적 없을 거야. 바위처럼 단단하고 비단처럼 매끈한 허벅지란 말이야. 조각상 같았어. 엄마가 아드난에게 줄 할랄 요리를 만들려고 주방에 간 틈에 나는 그 사진이 실린 면을 얼른 뜯어서 챙겼다. 그의 모습은 정말…… 한 번 봐봐, 일기야! 흥분하지 않겠다고 말해 줘, 일기야. 핀은 수녀도 흥분시킬 만큼 굉장한 몸을 갖고 있지. 수녀들의 정조를 파괴하는 남자랄까. 그를 생각만 해도 다 떨치게 돼. 손톱 물어뜯는 습관이라든지 그런 걸 버린다는 게 아니라, 입고 있던 수녀복을 다 벗어버리게 된다는 뜻이야.

🔔 *저녁 8시 12분*

엄마가 내 방에 불쑥 들어와 신문을 찢어갔냐고 물었다. 아, 예. 엄마는 예순 살 이상 동네 노인네들의 볼링 게임에 관심이 많아서 내가 찢어간 그 면을 찾고 계신 거였군요! 나한테 잔소리할 기회가 생기니까 물고 늘어진 게 아니고 말이죠.

A레벨 시험 때문에 밖에 나오는 친구들이 없다. 짜증이 나긴 하지만 막상 볼츠 펍에서 핀을 만나면 그의 근육질 다리에서 시선을 떼지 못할 테고, 그랬다간 너 왜 그러냐는 질문을 사람들한테 받겠지. 특히 핀의 여친한테 말이야. 하 하 하!!

더 원더 스터프의 〈헙Hup〉 음반을 듣고 있다. 〈황금빛 초록 Golden Green〉은 정말 대단한 곡이다. 너무나 매력적이라서 똥 같은 짓을 해도 다 멋져 보이는 사람에 대한 노래다. 누군지 딱 떠오르는 사람 있지?

1990년 6월 11일 월요일
유럽사

🔔 *오후 5시 49분*

유럽사 과목 시험이다. 어젯밤부터 재미있는 글귀는 써보지도 못하고 이 지루한 공부만 하고 있다. 캐서린 드 메디치는 모든 사람과 섹스를 한 것 같고, 그것도 모자라 말하고도 섹스를 했던 것 같다. 웃기긴 한데 웃고 싶은 기분이 아니다. 길을 잃은 공허한 느낌. 걱정스럽고…… 나 자신을 잃은 것만 같다.

1990년 6월 12일 화요일
어떤 인생이 나을까

🔔 *저녁 8시 12분*

정치 과목 공부를 하고 있다. 상원에서 하는 일을 아는 것은 적어도 일상생활과 약간은 관련이 있다. 엄마는 또 기분이 언짢은 상태다. 의자에 앉아 멍하니 허공만 쳐다보고 있다. 엄마는 요즘 모리슨즈 슈퍼마켓 계산대에서 일하고 있는데 어마어마한 스트레스를 받는 눈치다. 아메리칸 탠 팬티스타킹이냐 일반 팬티스타킹이냐, 계산원으로 일하려면 이런 걸 구분할 줄 알아야 한다. 엄마가 벼랑 끝의 여자가 된 것도 이상한 일이 아니지. 엄마가 그러고 있는 동안 나는 위층에 틀어박혀, 불문법을 가진 나라에서 군주제의 역할이 무엇인지에 대해 공부하면서, 한편으로는 내 결장 속에 또 다른 암 덩어리가 자라나고 있지 않은지에 대한 고민을 그만하려고 애쓰고 있다. 일기야, 넌 엄마의 인생과 내 인생 중 어느 쪽이 나은 것 같니?

핀의 허벅지 사진에서 시선을 뗄 수 없다. 다음에 핀을 만나면 허벅지 생각을 안 할 수 있어야 할 텐데.

1990년 6월 13일 수요일
대처 수상과 사과주의 상관관계

🔔 *밤 9시 28분*

튀긴 소시지와 볼츠 펍에 다녀왔다. 정치 과목 공부를 더는 못하겠다. 이 공부를 하다 보면 대처 수상에 대해 계속 생각해야 하고 그러다 보면 사과주가 당긴다. 하지만 볼츠 펍에서는 소다수에 블랙커런트 주스를 섞은 음료를 마셨다. 숙취에 시달리면서 A레벨 시험을 치를 수는 없으니까.

집에 온 엄마는 내 입 냄새를 맡아보더니 한바탕 훈계를 했다. 블랙커런트 주스를 마시면 엄마처럼 장래성도 없는 일을 해가면서 평생 비참하게 살게 되나 보다. 리베나 블랙커런트 주스를 마시면 십대에 애를 낳고 평생 가난한 삶을 못 벗어나게 되나 보다. '엄마처럼 장래성도 없는 일을 해가면서'라는 말을 한 번만 더 들으면 폭발할 것 같다. 아드난조차, 아드난까지도!!! 엄마한테 나 좀 그만 들볶으라는 뜻으로 "그만!" 하고 소리쳤다. 엄마의 보디빌더 모로코인 남친까지도 내가 얼마나 힘든 시험을 치르고 있는지 아는데 엄마만 모른다.

어쨌든 펍은 지루했다. 여자들에 관한 튀긴 소시지의 경험담을 듣고 있는 건 나이절 로슨, 제프리 하우를 비롯한 멍청한 토리당 소속 정치인들 얘기를 듣는 것만큼이나 지긋지긋하다. 그 정치인들은 다들 케임브리지 대학교를 다녔는데 공영주택단지에서 뚱녀로 사는 게 어떤 기분인지 전혀 이해하지 못한다. 영국 정계에는 나처럼 뚱뚱해서 〈스타워즈〉의 자바더헛이라는 별명으로 불리는 사람도 없으니 그럴 만도 하다.

1990년 6월 16일 토요일
좋은 직업

🔔 오후 5시 12분

오늘 저녁에 외출을 할 거냐고 엄마가 물었다. "네"라고 하자 엄마의 잔소리에 또 발동이 걸렸다. "레이첼, 시험이 세 과목이나 남았잖아. 평생 여기서 이러고 살래? 밖으로 나가 여행도 하면서 살아야지. 세상 구경도 하고 좋은 직업도 얻고."

이 집에서 나가라고, 엄마의 이국적인 사랑의 둥지를 망가뜨리지 말라는 뜻이겠지. 그렇다면 됐거든요. 나는 볼츠 펍에 갈 거예요. 안녕.

1990년 6월 20일 수요일
여동생 취급

🔔 **밤 9시 13분**

오늘 시험에서 질문에 맞는 답을 잘한 것 같다. 시험 체계의 요점이 바로 그거지. 개소리를 늘어놓는 거. 인생에 꼭 필요한 기술이기도 하다. A레벨 정치 과목 시험에서 부통령의 역할에 대해 물어봤다. 나는 답안지에 미국의 부통령 댄 퀘일과 그가 저지른 실수들에 대해 개소리를 늘어놨다.

미쳐가고 있거나 지금 미친 것 같은 기분이냐고? 웃기지마. 그런 거 아니니까. 너를 여동생 정도로만 취급하는 남자를 사랑하고 있을 뿐이야. 헛소리나 하고 친구인 척하면서. 사람들이 괜찮냐고 물어보면? 헛소리를 늘어놓으면서 괜찮다고 대답하지. 농담 따먹기나 하면서.

1990년 6월 22일 금요일
시험 끝!

🔔 **오후 1시 23분**

드디어 끝났다!!!!!!!!!! A레벨 시험이 드디어 끝이 났다!!! 집으로 돌아오니 엄마가 제일 먼저 한 말은 이거였다. "잘

됐네! 이번 여름에 아르바이트 자리 구할 거니?"

나는 "구해볼게요!"라고 대답했다.

하지만 내 진짜 계획은 펍에 가서 놀고, 목초지에서 뒹굴며 최고로 재미난 여름을 보내는 거다.

일단 오늘 저녁에는 펍에 간다. 핀도 오늘은 나올 거다.

1990년 6월 23일 토요일
여행 떠나는 핀

🔔 오전 10시 23분

어젯밤에 일기를 빼먹었네. 어제는 술에 많이 취하기도 했고 감정이 격한 상태였다.

저녁 8시쯤 볼츠 펍에 갔더니 다들 와 있었다. 분위기가 끝내줬다! 볼츠 펍 정원이 사람들로 가득했다. 외국어 과목이 남은 사람들을 제외하고 대부분은 시험이 다 끝났다.

둔탱이랑 섹스에 대해 수다를 떨고 있는데 (사실은 섹스에 대해 좀 더 정보를 수집하는 차원이었다. 앞으로도 경험해볼 일이 없을지도 모르지만.) 핀이 반바지를 입고 펍으로 걸어 들어오고 있었다. 완전 섹시했다. 반바지 밑으로 드러난 종아리도 정말 끝내줬다. 그는 우리 옆으로 와 앉았다. 그리고 아, 젠장 행복했다. 우리는 술에 반쯤 취해 주절거리고 있었고 그러다 핀이 갑자기 히로시마급 폭탄을 던졌다.

핀   이제 뭘 할 거야?

나   **뭐, 당장은 아르바이트 안 하려고 피하고 있어. 시험 결과를 기다려야지. 넌?**

핀   여름 내내 인터레일 패스로 여행을 할 거야. 다음 주에 출발해.

작년에 그는 남아프리카에 육 개월 동안 가 있을 생각이란 말을 했는데 한참 일만 계속하고 있어서 여행은 포기한 줄 알았다. 그런데 아니었다. 포기를 안 한 거다. 떠나겠다고 한다. 그래서 나는…….

나   **아 정말?! 멋진데. (아니, 전혀 안 멋져. 똥 같아. 네가 없으면 여기는 온통 잿빛이고 칙칙하고 절망적이라는 걸 모르는구나.)**

핀   너도 여행해봐! 좋은 영향을 받을 수 있어. 여길 벗어나라고.

나   **됐어, 친구. 나 돈 없어. 콘월에나 일주일 동안 놀라갈 거야. (나도 모르게 이 얘길 하고 말았다.)**

핀   떠나기 전에 너 보러 한번 들를게. 나중에 엽서도 보낼게.

이게 다였다. 내가 무슨 말을 하고 싶었냐고?

끝내주는 몸을 가진 너랑 같이 여행 가고 싶어. 너랑 있으면 계속 웃음이 나고 내 뇌와 심장이 공중으로 훌쩍 날아오르는 기분이야. 넌 날씬하고 진실한 상남자야. 내 얘기에 귀 기울여주고 못되게 굴지도 않지. 내가 온갖 종류의 섹스를 같이 하고픈 환상적인 남자 그 자체야.

하지만 난 피터버러에만 가도 미쳐버릴 것 같은 사람이라 그리스 기차 여행은 불가능하다. 그래서 이렇게 말했다.

"재미있게 놀다 와, 친구."

재미있게 놀다 와, 친구라니. 핀에게 진짜로 하고 싶은 말은 못하고 우편배달부한테나 할 만한 평범한 인사나 내뱉고 말았다.

나란 인간은 진짜 쓸모가 없다.

1990년 6월 25일 월요일
우울한 이유

🔔 저녁 6시 12분

엄마가 말했다. "너 좀 기분이 처져 보인다고 아드난이 그러더라, 레이첼."

괴상하게 노래를 부르지 않는다면, 코뿔소처럼 요란하게 코를 골지 않는다면, 눈에 보이는 대로 다 먹어치우고 묵직한 물건은 죄다 근육 단련에 쓰지 않는다면 아드난도 꽤 괜찮은 사람이다.

기분이 저조한 건 내 주변이 온통 달라지고 있기 때문이다. 앞으로 내 인생이 어떻게 될지 모르는 판인데, 핀은 멀리 여행을 떠난다. 이 속내는 아무한테도 털어놓을 수가 없다. 털어놓았다간 나를 한심하다거나 미쳤다거나 미쳐가고 있다거나 그들의 남친을 훔치려고 작정하고 있다고 생각할 테니까. 다 맞는 생각이다.

1990년 6월 28일 목요일
들키다

🔔 밤 9시 34분

오후에 셸보스랑 내 방에서 같이 놀고 있는데 차문이 여닫히는 소리와 함께 목소리가 들렸다. 요즘 사방에서 핀의 목소리가 환청처럼 들리는 터라 이번에도 환청인 줄 알았다. 그런데 진짜로 핀이 여행 가기 전에 인사를 하러 온 거였다. 나는 그에게 조심해서 잘 다녀오라고 말했고 핀은 나를 안아주었다. 나는 포옹을 하면서 그의 가슴팍을 머리로 들이받고 말았다. 그리고 핀은 떠났다.

지난밤에 나는 핀의 여친과 오랫동안 얘기를 나눴다. 핀의 여친은 진짜 예쁘고 사랑스럽고 재미난 애다. 안 좋아할 수가 없다!

핀은 여친에게 편지를 썼다고 한다. 밤마다 여친을 위해 기도하고 있다는 내용의 편지. 역설적이기도 하지! 밤마다 핀을 위해 기도하고 있는 건 나인데, 핀은 다른 사람을 위해 기도를 하고 있다니.

물론 나는 지옥에 가지 않게 해달라고, 광견병에 걸리지 않게 해달라고, 내가 사랑하는 사람들의 목숨을 앗아가지 말아달라고, A레벨 시험을 통과하게 해달라고, 더 스미스가 좀 더 나은 음반을 내게 해달라는 기도도 하고 있으니…… 핀에 대한 기도는 그중 일부일 뿐이다.

셸보스가 내게 물었다. "너 핀 좋아하지?" 내가 "그래"라고 대답하자 셸보스가 말했다. "아니, 레이. 진짜로 좋아하냐고 묻는 거야."

셸보스는 내 속을 들여다보고 있다. 알고 지낸 지가 오래돼서, 내가 늘어놓는 온갖 헛소리를 뚫고 남들은 못 보는 속내까지 알아보는 거다. 다른 사람들은 보지 못한다. 핀도 못 본다.

내 모습이 찍힌 사진들을 보았다. 진심으로 역겹다.

1990년 6월 29일 금요일
불면

🔔 *오전 6시 20분*

새벽 3시 반에 잠이 깨서 계속 이러고 있다. 잠을 잘 수가 없다. 7년 간 다닌 학교생활이 오늘 끝이 난다. 친구들이 무척 그리울 거다. 하지만 어떻게 할 방법도 없다. 연락이 닿는 애들하고는 계속 연락하고 지냈으면 좋겠다.

슬프기도 하고 후련하기도 한 기분이다.

그런데 내 머릿속은 완전 엉망진창이다.

🔔 *밤 9시 12분*

드디어 끝났다. 교장 선생님이 마지막 조회를 하면서 평소처럼 《성경》을 읽을 것 같아 우리는 교장 선생님 머리 위에 커다란 거미를 매달아놓기로 했는데, 그런 모의를 하고 있는 걸 알게 된 C 선생님이 하지 말라고 말렸다. C 선생님은 좋은 분이라서 우리는 그분을 곤란하게 하고 싶지 않아 거미를 매다는 건 포기하기로 했다. 우리가 브라더후드 오브 맨의 〈안젤로 Angelo〉를 부르자 모든 학생들이 신나게 박수를 쳤다.

그렇게 끝이 났다.

이제 어떻게 하루하루를 보내지? 학교가 있어서…… 그나마 멀쩡하게 살 수 있었는데 이제 더는 다닐 수 없다. 매일 친구들을 만나던 생활이 끝난 거다. 매일 똑같은 시간에 급식을 먹던 생활도 끝났다. 탈출도 끝났다. 휴게실과도 안녕이다. 급식으로 나오는 웰링턴 퍼지 푸딩도 더는 못 먹는다. 누군가 내 발밑에 깔려 있던 카펫을 확 잡아 당겨 나동그라진 기분이다. 뚱뚱한 딱정벌레처럼 몸이 뒤집혀 일어설 수가 없다. 허공에 대고 다리를 버둥대는 꼴이 우스운데 내 마음은 전혀 웃기지가 않다.

7월

July

1990년 7월 1일 일요일
네가 없는 시간

🔔 **밤 11시 45분**

펍에서 그럭저럭 재미있게 저녁 시간을 보냈다. 존 디가 눈에 띄는 짓을 좀 한 것 외에는 평소와 같았다.

진심으로 옆에 두고 싶은 남자가 기차를 타고 모처를 여행 중인 지금, 다른 남자들이라도 내 곁에 있으니 다행이다.

튀긴 소시지는 여전히 내게 잘해준다. 비가 쏟아지자 젖지 말라며 셔츠를 벗어서 내게 빌려주었다. 그닥 도움은 안 됐지만 마음만은 고마웠다.

1990년 7월 2일 월요일
외톨이

🔔 **오후 5시 57분**

오후에 둔탱이와 함께 무화과네 집에 놀러갔다. 무화과는 엄청 재미있고 좋은 녀석이다. 둔탱이는 콘월 여행이 기대된다며 재잘거렸다. 나도 기대를 해야 마땅하지만 겁이 난다. 죽을까 봐 겁이 나고, 여길 떠나는 게 겁이 나고, 병원에서 멀리 떨어진 콘월의 어느 구석진 곳에서 옴짝달싹못하게 될까 봐 겁이 나고, 친구들이 내 실체를 보게 될까 봐 겁이 난다. 약해 빠지고 제정신이 아닌데다가 열한 살짜리처럼 구는 나. 사람들이 내 실성한 모습과 허둥지둥 어쩔 줄 몰라하는 모습을 보게 될까 봐 무섭다. 그런 모습을 들키면 내 곁에는 친구가 한 명도 없게 될 거다.

1990년 7월 3일 화요일
광대버섯

🔔 밤 9시 45분

오늘은 모트네 집에서 잘 거다. 나는 모트에게 콘월 여행에 대해, 그 여행을 가는 걸 얼마나 두려워하는지에 대해 털어놓았다. 모트에게는 온갖 얘기를 다 할 수가 있다. 약간이지만 내 정신적인 문제까지도. 모트의 조언은 이렇다. 한 번에 한 시간씩만 이동한다고 생각하고, 안정이 되었다 싶으면 또다시 이동하는 식으로 하면 된다는 거다. 훌륭한 조언이지만 내 머리는 내가 잘 안다. 머리가 나한테 죽는다고 말하면 난 죽는 거다. 머리가 나더러 독버섯인 광대버섯을 먹었다고 말하면 나는 그 버섯을 먹고 이미 중독이 됐지만 증상은 천천히 나타나고 있는 것이다. 내 의지로는 멈출 수 없다. 그 목소리를 멈출 수가 없다. 약을 먹어도 소용없다. 옷을 계속 찢어대는 자신을 통제할 수가 없어서 결국 뇌의 일부를 절단하는 뇌엽절리술을 받은 남자에 관한 텔레비전 프로그램을 본 적이 있다. 어쩌면 나도 그런 수술을 받아야 하지 않을까. 어린이용 텔레비전 프로그램인 〈티스와스〉에서 노새의 행렬 놀이를 할 때처럼 나도 차 쟁반으로 내 머리를 세게 쳐볼까. 효과가 있을지도 모르잖아.

농담이다. 아마추어 뇌수술을 시도할 생각은 없다.

1990년 7월 5일 목요일
안락한 집

🔔 *오후 5시 36분*

어제 월드컵 준결승전에서 영국이 서독(1989년 11월 베를린 장벽이 무너진 후 동독과 서독이 공식적으로 통일된 날은 1990년 10월 3일이다 – 옮긴이)에게 패한 일로 오늘 다들 기분이 별로다. 모트네 있다가 집에 돌아왔다. 아예 모트네에서 쭉 살면 좋겠다. 그 집에서는 긴장할 필요도 없고 말다툼할 일도 없다. 아드난을 배려해 어설프게 영어를 말하는 엄마도 없고, 주방에서 키스하는 이들도 없다. 발에 걸리적거리는데 너무 무거워서 들어 옮기지 못하는 웨이트 장비도 없다.

1990년 7월 6일 금요일
새로운 계획

🔔 *저녁 6시 12분*

활동량 부족으로 만성심기증이 생겼는데, 여기에다가 '다음엔 뭘 해야 하지?'라는 맹목적인 두려움이 겹쳐졌다!

김 빠진다. 학교도 끝났고, 모든 게 끝이 났다. 앞으로 무슨 일이 일어나 주기만을 기다리고 있다.

새로운 실행 계획

올해의 중간쯤에 이르렀으니 1월 1일에 세운 목표를 어느 정도 달성했는지 확인하고, 성취한 것/바로잡아야 할 것/해결된 것으로 항목을 나눠야 한다.

1) A레벨 시험을 통과해서 여길 떠나기!

   아직 성취 못함

2) 끝내주게 즐거운 시간 보내기

   종종 성취함

3) 늘 쿨하고 침착하기

   거의 못함

4) 정신적 안정 유지하기

미쳐버리지 않는 것을 의미하는데, 노력 중임

  5) 진짜 살아서 숨 쉬는 남자와 제대로 된 연애를 해보기

    성취 못함

  6) 끝내주게 섹시한 악녀가 되어보기

    성취 못함

별로 성취도가 높지는 않지? 그래도 추가를 해보자면—

실행 계획

  1) A레벨 시험 결과가 어떻게 나오든 긍정적으로 사용하자

  2) 내 머리와 화해하자

  3) 몸 상태를 잘 정비하자

  4) 정신 상태를 잘 정비하자

1990년 7월 9일 월요일
잠 못 이루는 밤

🔔 *새벽 3시 45분*

잠을 잘 수가 없다. 끔찍한 기분이다. 완전히 멍하다. 홀로코스트에 대한 생각, 콘월 여행을 잘 다녀올 수 있을까 하는 생각이 뒤섞여 잠을 이룰 수가 없다. 얼마나 한심하고 형편없

게 들릴지 알지만, 어디 가서 이런 말을 꺼낼 수 없으니 여기
다가 털어놓을 수밖에 없다.

1990년 7월 12일 목요일
나의 꿈

🔔 *밤 10시 21분*

나중에 케이트 에이디 같은 종군기자가 되어 전쟁 지역에
서 뉴스를 진행하고 싶다고, 아니면 저널리스트 마이클 뷰크
처럼 에티오피아의 기근 실태를 보도해 기근 퇴치 운동이 시
작되게 하고 라이브 에이드 공연(1985년, 에티오피아 난민의 기
아 문제를 해결하기 위한 기금 마련 공연 - 옮긴이)을 기획하고 싶
다고, 학교에서 사람들에게 말했다. 하지만 지금도 콘월 여행
생각만 하면 공황발작이 일어난다. BBC 방송국에서 스탬퍼드
바로 옆인 러틀랜드에 해외 특파원을 둔다면 모를까 그럴 리
없으니 내 꿈은 이뤄질 수 없을 거다.

콘월 여행까지 이틀 남았다. 진정하자, 레이. 넌 해낼 수 있
어. 콘월은 그래도 영국 안에 있잖아!

1990년 7월 14일 토요일
출발

🔔 **아침 7시 12분**

둔탱이, 프래글, 로니가 우리 집에 와서 나를 차에 태워 가기를 기다리고 있다. 콘월 여행을 가며 들으려고 주옥같은 명곡들을 담아 역사상 최고의 편집 카세트테이프를 만들었다. 그래도 신경이 곤두선다. 무섭다. 콘월까지는 수 킬로미터나 떨어져 있는데 거기서 그 테이프를 잃어버리면 엄마나 모트, 내 음반 수집품과의 연결고리가 끊어지고 만다. 그렇다고 수집한 음반들을 전부 가져갈 수도 없다. 그러려면 트레일러가 필요할 거다. 알약도 죄다 챙겨넣어야 해서 추가 공간이 필요하다.

🔔 **밤 10시 13분**

콘월의 세인트 아이브스 마을에 도착. 숙소는 꽤 괜찮았다. 일단 냉장고에 음식부터 채워넣었다. 무슨 이유에서인지 로니가 소시지를 하나 가져왔다. 우리는 그 소시지에 축구선수 폴 개스코인의 별명인 '가자'를 붙여 '가자 소시지'라 불렀고, 절대 먹지 않았다! 돼지고기지만 이 휴가 여행의 기념 마스코트니까!

1990년 7월 15일 일요일
시끄러운 해변가

🔔 *새벽 2시 35분*

바다가 무지하게 시끄럽다. 마음의 위안을 주기는커녕 자꾸만 물에 빠져 죽는 상상을 하게 만든다.

배가 아프다. 머리가 아프다. 친구들이 내 상태를 알아채거나 내 입에서 나오는 소리를 들을까 봐, 정신적 안정을 유지하기 위해 해야 하는 일을 할 수가 없다.

심장이 쿵쾅쿵쾅 뛰고 있다. 하지만 죽지는 않을 거다. 죽을 리 없다.

1990년 7월 17일 화요일
열아홉 살의 고혈압

🔔 *오후 2시 39분*

내 상태가 좋지 않자 프래글이 전화로 의사를 불렀다. 기분이 진짜, 진짜 안 좋다.

🔔 *저녁 6시 34분*

의사가 왔다. 나는 고혈압이 있다. 의사는 가족력이 있냐고 물었다. 아마 있을 거다. 우리 집안사람들은 말라리아와 뎅기열을 빼고 온갖 병을 다 앓았으니까. 체중을 이대로 두면 내 건강에 도움이 되지 않을 거라고, 집에 돌아가면 가족 주치의를 찾아가 보라고 했다.

친구들에게 내일 집으로 돌아가겠다고 말했다. 그런데 그닥 말리지 않았다. 오히려 내가 가니까 안심하는 것 같기도 했다. 누가 이상한 애를 곁에 두고 싶어 할까. 나도 이런 내가 싫은데. 이상한 애가 끼어 있으면 식사 분위기도 깨지고 나이트 클럽에서 춤을 춰도 물이 흐려진다. 게다가 난 구스베리처럼 뚱뚱해서 걸리적거릴 테지.

집으로 돌아갈 차비가 모자라지 않아야 할 텐데. 수영 튜브를 사느라 재정상 무리를 했다. 그나마도 여기 와서 쓰지도 못했다.

1990년 7월 18일 수요일
집으로 가는 길

🔔 *밤 11시 34분*

악몽 같은 하루. 완전 엉망진창이다.

콘월의 숙소를 떠나 세인트 어스 역에 와서 보니 수중에 런던이나 버밍엄까지 갈 돈밖에 없었다. 런던으로 가기로 했다. 한참 걸려 런던 패딩턴 역에 도착한 나는 지하철 직원에게 누가 내 지갑을 훔쳐가서 돈이 없다고 거짓말을 했다. 동정표를 얻기 위해 일부러 아일랜드식 억양을 섞어 말했는데 효과가 있었다. 말끝에 아일랜드 사람처럼 "동정녀 마리아의 축복이 함께하기를"이라고 덧붙이기까지 했다. 왜 그랬는지 이유는 모르겠다. 덕분에 런던 킹스크로스 역까지 올 수 있었다. 킹스크로스 역 직원에게 집으로 갈 표를 살 돈이 없다고 말했더니 그 남자 직원이 오빠에게 전화를 걸었고 오빠는 엄마한테 전화를 해서, 결국 엄마가 스탬퍼드 역에서 차비를 내주었다. 마침내 집에 도착하자 엄마는 잔뜩 화가 나서 잔소리를 해댔다. "도대체 무슨 일이 있었니?!" "너한테는 아무 문제도 없어." "어떤 문제가 있든 극복했어야지." 보다 못한 아드난이 그만하라고 엄마를 말렸다. 몸이 안 좋아서 돌아왔다고 하자 엄마는 내게 진통제나 먹으라며 던졌다.

영어로 제대로 말도 못하는 보디빌더 아드난이 엄마보다 나를 더 이해해주는 것 같다. 어쩌면 무슬림들이 그리스도교인들보다 걱정이 많고 강박증을 갖고 있어서일까!

아니, 그건 아닐 거다. 학교의 복지 담당보좌관 커비 씨는 독실한 그리스도교인인데 그녀는 내 공황발작을 전적으로 받아줬다. 생리통이 있을 때면 모든 사람들에게 짜증을 내고 온갖 일에 트집을 잡지만 나한테만은 상냥하게 대해주었다.

내 엉망진창인 머릿속 상태는 예수 그리스도의 인내심을

시험할 정도가 아닐까 싶다. 게다가 영국 지하철 직원에게 아일랜드인이자 가톨릭교도인 척을 했다. 나는 지옥에 떨어질 거다. 아니, 이미 지옥에서 살고 있다.

1990년 7월 21일 토요일
따돌림

🔔 **밤 9시 12분**

볼츠 펍에 갔더니 다들 나를 떨떠름하게 대했다. 내가 그들의 휴가 여행을 망친 탓이다. 그들은 파티의 흥을 돋우는 웃기는 레이를 기대하고 나를 여행에 데려간 건데 내가 분위기를 잡쳐놓았다. 그들 탓을 할 순 없다. 내가 물었다. "나한테 화난 거 있어?" 그러자 그들이 대답했다. "글쎄. 여행지에서 뭐 좀 난리가 아니었긴 하지만 그게 다잖아." 내가 아파서 어쩔 수 없었다고 하자 그들은 이렇게 받아쳤다. "넌 맨날 아프잖아."

사실이다.

울면서 집으로 돌아왔다.

얼간이들에게 따돌림을 당하는 기분이다.

1990년 7월 23일 월요일
핀의 엽서

🔔 **오후 4시 12분**

방금 엄마가 내 방으로 들어와 말했다. "아, 이거 네가 놀러 가 있던 동안 온 건데, 가스청구서 뒤에 끼워져 있던 걸 이제 야 봤네."

핀한테서 온 엽서였다!!

그리스 조각상 사진이 담긴 엽서였는데 조각상의 발기된 거대한 성기가 시선을 끌었다.

안녕, 레이.

이 조각상 거시기 큰 거 좀 봐. 말도 안 되는 과장이야. 여기 맥주는 차갑고 날씨는 더워. 곧 또 보자. 사랑을 담아, 핀이 보냄.

핀아, 넌 정말 재미있고, 정말 잘생겼어. 네가 옛날에 보낸 엽서가 가스청구서 뒤에 끼워져 있다가 지금 내 눈앞에 나타 난 건데 어쩜 이렇게 희한하게 타이밍을 딱 맞췄니. 너와 관련 된 물건들을 담아둔 곳에 이 엽서도 넣어둘게.

나 말고 다른 사람도 네 엽서를 받았을까? 내일 둔탱이를 만나러 가야겠어. 개도 네 엽서를 받는지 슬쩍 물어봐야지.

너도 엽서 받았니?

🔔 *밤 10시 35분*

궁금했던 부분을 드디어 확인했다.

1) 둔탱이는 어린이 텔레비전 프로그램인 〈와커데이〉를 매일 녹화
   한다. 사회자인 티미 맬럿을 좋아하고 그가 그 프로그램에서 진
   행하는 망치게임을 좋아해서다.

2) 둔탱이는 핀한테서 엽서를 받지 못했다.

3) 둔탱이는 핀의 여친도 핀한테서 엽서를 받지 못했을 거라고 생
   각한다!!

4) 핀한테서 엽서를 받은 사람은 나 빼고 아무도 없다!

5) 핀은 단순히 나를 불쌍하게 여기는 걸까? 그는 내가 좀 이상한
   애라는 걸 알고 있기는 하다.

6) 아니다. 핀은 나한테 엽서를 보냈다. 적어도 내 생각을 하고는 있
   다는 거다. 그리스 조각상의 거대한 성기를 보면서 내 생각을 했
   다는 건 나쁜 징조는 아닐 거다.

1990년 7월 25일 수요일
꺼지세요, 정신과 의사 선생님

🔔 *오후 3시 56분*

엄마가 나를 앉혀놓고 물었다. "콘월에서 무슨 일 있었어? 의사를 만나야 될 것 같니?"

나는 그럴 필요 없다고, 여행 가기 전 금요일에 먹은 그린 재킷 감자 요리 때문에 탈이 났던 것 같다고 대답했다.

"그걸 먹었다고 어떻게 불안증이 생겨, 레이첼? 어쨌든 그 요리를 파는 카페에는 가지 마."

난 다시 정신과 의사를 만나고 싶지 않다. 그들은 나더러 정원 그림을 그려보라고 하고는 분석을 해댄다. 무관심한 정원사는 아빠고, 치우기 힘든 덩굴 줄기는 엄마라면서 개소리를 늘어놓는다. 무슨 일이 있었는지 얘길 해보자, 왜 네 기분이 이런지 얘길 해보자, 어쩌고저쩌고 하는데 싫다. 다 소용없다. 그들이 무어라 분석을 했든 난 여전히 먹어대고 있다. 난 여전히 내가 싫다. 난 여전히 아무 데도 편하게 가질 못한다. 난 여전히 가스 요리판을 백만 번은 더 확인해야 마음이 놓인다. 난 여전히 목소리를 듣는다.

내 상태를 호전시켜준 것은 정신과 의사들이 아니라 친구들, 음악, 그리고 내가 팝비디오의 등장인물이라고 가장하면서, 정기적으로 핀을 만나고 핀이 정신을 못 차릴 만큼 격한 사랑을 나누는 상상을 하는 것이다.

됐으니까 이만 꺼지세요, 정신과 의사 선생님.

대학에 가기 싫다. 갈 수도 없을 거다. 이게 진실이다.

1990년 7월 29일 일요일
기적이 필요해

🔔 밤 12시 52분

한밤중이다. 여러 가지 이유로 녹초가 됐다. 어젯밤은 모트
네에서 자고 왔다. 〈딕 트레이시〉 영화를 봤는데 완전 엉망이
었다.

우리 집도 엉망이다. 내가 이 집을 더 좋은 곳으로 만들 수
있을 것 같지는 않다. 나는 이 집이 싫지만 떠나고 싶지는 않
다. 죽을까 봐 다른 곳으로 옮겨가 살지를 못한다. 집에서 나가
면 숨이 잘 안 쉬어진다. 콘월의 세인트 아이브스 마을로 놀러
갔다가 얼마 못 놀고 집으로 돌아온 것도 그래서다. 엄마의 의
심대로다. 감자 때문에 탈이 났던 게 아니었다.

모트와 나는 핀이 보내준 엽서에 대해 한참 동안 논의했다.
모트가 말했다. "엽서까지 보낸 걸 보면 핀이 네 생각을 많이
하나 봐. 놀러가서 즐거운 시간을 보내고 있는 개 머릿속에 네
가 들어가 있는 거라고." 나도 안다. 이상하게도 핀이 다시 여

기로 돌아오면 엽서니 뭐니 하는 것도 없던 일이 되어버린다. 그러니 이렇게 꿈이라도 꿔야지. 만약에 핀이 돌아오지 않으면 상황은 또 달라지겠지. 그럼 핀은 여기로 돌아오지 말라는 일종의 계시를 받은 거다.

핀이 여행하다가 가톨릭 순례지인 루르드에 갔으면 또 어떻게 될지 모를 일이긴 하다. 나에겐 기적이 필요하다. 기적이 필요해.

8월

August

1990년 8월 1일 수요일
예쁜 여자들의 특권

🔔 *밤 9시 24분*

7월은 똥 같았으니 8월은 제발 좀 더 나은 달이 됐으면 한다.

프래글의 엄마가 내게 신경쇠약 같은 문제가 있다고 의심하는 눈치다. 그동안 잘 숨겨왔다고 생각했는데 아니었던 모양이다. 이 사람들은 내 문제를 알아채기만 할 뿐 정작 도움을 주지는 않는다.

하긴, 그들이 뭘 할 수 있겠어? 아무것도 못해. 아무도 날 도와주지 못해.

전문가들도 못하는 일인데. 학위를 가진 사람들은 내 속을 파고들어와 분석만 해댈 뿐이다.

재스민이 튀긴 소시지를 꼼짝 못하게 만들어놓았다. 예쁜 여자들이 남자들을 휘어잡는 걸 보면 놀랍다. 남자들은 예쁜 여자 앞에서는 스르르 녹아버린다.

1990년 8월 3일 금요일
쿠웨이트 침공

🔔 *밤 11시 24분*

이라크가 쿠웨이트를 침공했다. 이 년 전 같으면 나는 베이크드빈스 콩 통조림을 챙겨서 스코틀랜드 최북단 오크니 섬으로 도망칠 궁리를 했을 거다. 러시아인들이 더 이상 전쟁에 미쳐 있지 않은 게 얼마나 다행인지 모른다.

1990년 8월 4일 토요일
사담 후세인

🔔 *오전 8시 24분*

방금 끔찍한 생각이 들었다. 핀이 쿠웨이트 근처에 있지 않기를 바랄 뿐이다.

아니, 이건 내가 정신적으로 문제가 있어서 드는 생각일 거다.

지도를 봤더니 그리스가 전쟁 지역 가까이에 있기는 한데 인터레일 패스로 이라크까지 갈 수는 없을 거다, 아마.

과연 내가 사담 후세인한테서 핀을 구하기 위해 공황발작을 극복할 수 있을까? 하 하 하! 한 번 해보자. 런던 히스로 공항까지만 가면 그다음부터는 특수부대가 임무를 맡는 거다.

1990년 8월 5일 일요일
결혼을 또 하시겠다고요

도저히 믿기지가 않는다.

방금 엄마가 수요일에 아드난과 결혼을 할 거라고 내게 말했다!

"휴우, 신부 들러리 노릇은 못해드리니까 그렇게 아세요. 결혼식에도 안 갈 거예요." 내 말에 엄마는 속상해하는 얼굴이었다. 하지만 난 엄마의 지난 번 결혼식에도 갔었다고요! 앞으로 몇 번이나 더 결혼을 할 건데요?! 스탬퍼드의 엘리자베스 테일러 씨! 엄마는 성혼 선언을 할 때 아드난이 '예, 그렇게 하겠습니다'를 똑바로 발음하게끔 가르쳐야 할 거다. 지금 아드난은 '안녕'도 제대로 발음을 못하니까.

내가 못되게 구는 건가. 아드난은 괜찮은 사람이고 그의 영어는 전보다 훨씬 나아졌다.

아, 진짜, 이건 아니다. 웃음거리가 될 뿐이다! 그냥 싱글 맘으로 살 수는 없는 건가? 여자가 남자 없이 살아도 법적으로 아무 문제없다. 엄마는 그걸 알까? 한 남자와 끝냈다고 해서 다른 남자로 굳이 옮겨가지 않아도 된단 말이다. 게다가 왜 스탬퍼드 출신의 평범한 남자가 아닌 건데?! 왜 라틴어를 가르치는 게이 아니면 모로코인 보디빌더냐고! 정육점 주인이나 회사원 같은 평범한 남자는 왜 안 되냐고?!! 단백질 음료를 먹어야 하는 남자가 아니면 좋겠어!

1990년 8월 8일 수요일
엄마의 세 번째 결혼

🔔 오후 2시 56분

엄마의 결혼식에 갔어야 했나. 엄마가 평소 나를 달달 볶아대긴 하지만, 내가 누굴 죽였다고 해도 엄마는 나를 지키고 돌봐줄 텐데.

🔔 오후 5시 32분

엄마와 아드난이 결혼식을 마치고 집으로 돌아왔다. 나는 〈데일리 미러〉 신문을 잘게 찢어서 두 사람이 집으로 들어올 때 색종이 조각처럼 뿌려주었다. 둘 다 무척 좋아라 했다. 엄마는 울리스에 가서 〈나우 댄스 902Now Dance 902〉 음반을 사다가 내게 안겨주었다. 이해심 있게 굴어준 것에 대한 보답이었다. 나는 거대한 암소가 된 기분이다. 오늘 저녁에는 둔탱이네가 있어야겠다. 에든버러 로에서 신혼 첫날을 보내는 게 안 그래도 우중충할 텐데 나까지 끼어 있으면 안 될 것 같아서다.

1990년 8월 9일 목요일
초조해

🔔 *저녁 8시 32분*

왜 이 글을 쓰고 있냐고 묻지 마. 그냥 초조해서야. A레벨 시험 결과가 지금쯤 나왔을 텐데 우리한테 알려주질 않고 있다! 왜 우릴 계속 기다리게 하는 거지?! 당장 말해달라고!!

1990년 8월 10일 금요일
핀의 두 번째 엽서

🔔 *오전 10시 36분*

핀한테서 두 번째 엽서를 받았다!!

안녕, 레이.

너도 여길 참 마음에 들어 했을 거야. 맥주도 따뜻하다니까. 콧방귀는 넣어두셔. 사랑을 담아, 핀이 보냄.

글씨가 비뚤비뚤한 걸 보면 취해서 쓴 거 같은데 아무려면 어때!!

어디서 보낸 엽서인지는 알 수가 없다. 쿠웨이트인지 이라 크인지 모르지만 상관없다!

1990년 8월 11일 토요일
핀의 빈자리

🔔 **밤 11시 37분**

핀을 만나는 설렘이 없으니 인생이 너무 공허하다. 펍에 갔지만 분위기가 전 같지 않았다. 핀이 혹시 다시 엽서를 보냈을까 봐 우편함 앞을 서성이고 있다. 이런 건 별로다. 진한 키스로 내 가슴을 떨리게 한 적도 없는 남자에게 감정적으로 의지하는 건 별로 설레는 일이 아닌 거다. 하지만 핀이 없으니 인생이 텅 빈 것 같다. 이런 감정이 상호적이어야 내 마음에 위로가 될 텐데, 나에 대한 그의 감정이 깊어졌다는 징조는 보이질 않는다. 거대한 성기를 가진 그리스 조각상 사진이 박힌 엽서를 보냈다는 것만으로 그가 나와의 결혼을 생각하고 있다고는 볼 수가 없다.

1990년 8월 14일 화요일
그것은 사랑

🔔 밤 11시 13분

셸보스와 수다를 떨러 나갔다 왔다. 우린 로드 벌리 펍에 갔다가, 니블스 카페가 있던 자리에 들어선 평범한 펍으로 옮겨갔다. 셸보스는 진짜 재치 있는 애다. 무슨 얘길 하던지 서로 재미나게 웃을 수가 있다.

나쁜 생각들이 맹렬하게 내 머릿속으로 돌아오고 있다. 스트레스. 근심. 걱정. 나는 느낄 수가 있다.

온통 멍하다. 핀 때문이다! 핀이 있으면 활기가 생긴다! 우스갯소리도 절로 나오고 얼굴도 핀다. 그는 행운의 마스코트다. 그런데 지금 핀은 말도 안 되게 날씬한 이탈리아 여자와 섹스를 하고 있을지도 모른다. 난 핀을 사랑한다. 사랑한다! 지금 느껴지는 이 감정은 분명 사랑이다. 그는 끝내주게 멋지고 경이롭다.

거울을 들여다보면 이 글을 쓸 수가 없다. 뚱뚱한 나는 결코 그를 가질 수 없을 테니 이런 글조차 쓰면 안 될 것 같아서다. 핀은 지금 어떻게 지내고 있을까? 뭘 하고 있을까? 포르노 스타인 치치올리나와 섹스를 하고 있지는 말아줘. 내가 팝 윌 잇셀프 잇라는 록밴드를 엄청 좋아하지만 보컬인 메리 바이커하고 섹스를 하지는 않잖아. 넌 몸매가 훌륭하니까 치치올리나와 마음만 먹으면 섹스를 할 수 있겠지만 그러지 말아줘.

1990년 8월 15일 수요일
인과응보

🔔 **오후 4시 56분**

아드난이 모로코로 돌아가야 하게 생겼다! 결혼을 한 것만으로는 이 나라 사람으로 인정받기에 충분치 않은가 보다! 영국 이민국 직원이 와서, 합법적인 결혼인지 직접 보고 조사를 한다고 한다! 그들은 아드난이 영국에 체류할 수 있는 비자를 얻으려고 엄마와 결혼을 했다고 생각한다. 영국 비자를 얻어 에든버러 로에서 살면서 바크 부인이 싸구려 담배를 꼬나물고 빨래를 너는 모습이나 보려고, 그간의 보디빌딩 경력과 늘 화창한 날씨까지 버리고 모로코를 떠났다고 생각한단 말이지. 이 얼마나 대단한 사랑이냐고! 그가 버리고 온 것만 봐도 사랑은 충분히 증명되잖아.

대처 수상이 이끄는 토리당은 진짜 인종차별주의적인 쓰레기 집단인 것 같다고 내가 말하자 엄마도 같은 생각이라고 했다. 1980년대 초에 엄마는 보수 정당인 토리당에 투표를 했다. 한번은 탄광 문을 닫으려는 대처의 조치에 반발한 탄광노조 소속 광부들이 파업을 벌이며 피터버러 역에서 모여 "광부들을 지지해주십시오!"라고 외치고 있었는데 그 앞에서 엄마는 "그래, 지지해야지. 파업 안 하고 일하고 있는 광부들을 지지해!"라고 말을 했단다. 나는 경악했다. 광부는 엄마에게 욕을 했는데, 나도 그 광부의 생각에 동의한다! 세상사 돌고 돈다고 할머니는 말하곤 했다. 대처는 결국 모든 탄광을 폐쇄했고, 지금은 엄마의 결혼과 사랑을 폐쇄하려 하고 있다. 이렇게 말하고 싶진 않지만 엄마가 지금 같은 입장이 된 건 인과응보다.

대처는 결혼 문제로 엄마를 물어뜯고 있다.

토리당에 투표를 한 덕분에 엄마는 스트레스로 인해 정신과 의사를 만나봐야 할 지경이다! 하 하 하!

작가인 벤 엘턴처럼 써보려고 했는데, 잘 안 되네.

1990년 8월 16일 목요일
시험 결과

🔔 *밤 12시 3분*

마침내! A레벨 시험 점수가 나오는 날이 성큼 다가왔다. 이 년 간의 공부의 결실이 나오는 날. 내가 해온 노력의 결과를 보는 날이다.

콘월에 있는 엑세터 대학교에 들어가려면 A레벨 점수가 ABC는 나와야 한다.

제발 그 점수를 받지 못하길 기도하고 있다. 북쪽에 있는 다른 대학교에 갈 점수도 안 되길 바란다. (그래야만 한다. 꼭.)

작년에 A레벨 시험을 보고 일 년이나 지났다는 게 믿어지질 않는다. 핀이 여기 내 곁에 있어주면 좋을 텐데. 점수가 어중간하게 덜 나오면 그걸 핑계로 내년에 A레벨 시험을 다시 치르겠다고 하면서 일 년을 벌 수 있을 테고, 핀하고 진하게 포옹도 해볼 수 있을 텐데. 일단 술에 좀 취한 상태라야 그와의 포옹을 제대로 느껴볼 수 있을 것 같다.

이럴 때 날 안아줄 사람이 아무도 없다는 게 신물 나게 싫다. 모든 것이 결정 나기 직전이라 긴장해서인지 머리가 제대로 작동하지 않는다. 겁이 난다. 무섭다.

🔔 *밤 11시 14분*

BCD를 받았다!

영어 B

정치 C

무대예술 D

역사 U

젠장. 랄랄라! 처참하게 망했다. 나쁘지도 좋지도 않은 점수다. 미래가 꼬이게 생겼다. 제기랄!

모트는 끝내주게 시험을 잘 봤고 셸보스는 BBB를 받았다!

운도 좋지! 셸보스는 이 년 동안 공부도 별로 안 했는데. 그래도 나는 셸보스를 사랑하니까, 그런 점수를 받아 마땅하다고 생각한다.

오늘 핀의 여친이 내게 이런 말을 했다. "첼시의 스크랩북을 봤는데, 핀의 사진을 갖고 있지 뭐야. 그럼 안 되는 거잖아!" 젠장! 나는 핀의 사진 열 장, 〈스탬퍼드 머큐리〉 신문에서 오린 핀 관련 기사 세 개, 핀이 보내준 엽서 두 장, 핀이 준 조화 화분을 갖고 있는데 절대 내놓지 않을 거다!

나는 스크랩북을 만들어놓지는 않았다. 핀에 관한 자료를 미술관급으로 갖고 있긴 하지만.

나는 이 자료들을 절대 내놓지 않을 거다. 꽁꽁 숨겨놓을 거다. 내 거니까.

1990년 8월 17일 금요일
고마운 거절

🔔 오후 3시 45분

엑세터 대학교에서 나를 거절했다!! 그래, 원했던 바다!! 미안하지만 입학하기에는 점수가 모자란다고 입학사정관이 말했다! 괜찮아요, 우아한 아줌마. 좋게 말해줘서 고맙지만, 나는 거절당하고 싶었어요! 나는 엠씨 해머의 노래에 맞춰 내 방에서 승리의 춤을 추었다. 엄마 앞에서는 상심한 척 진심으로 속상한 척하려고 감자칩 두 봉지를 먹어치웠다.

물론 먹고 싶어서 먹은 것이긴 하지만, 엄마 앞에서 내가 원하는 효과를 내는데 도움이 됐다.

1990년 8월 21일 화요일
에식스 대학교

🔔 **오후 5시 9분**

에식스 대학교에 합격했다. 망할. 합격을 알리는 전화를 받고 기쁜 척을 해야 했다. 엄마는 엄청 좋아했다. 당연히 그럴 거다. 정신병동에 입원했던 정신 나간 딸이 아닌, 대학에 합격한 똑똑한 딸을 두신 게 됐으니. 똑똑한 사람이라면 정신병동이 아닌 다른 데서 똑똑한 일을 하고 있어야 마땅하니까.

모트가 잘했다며 분홍색 공룡 모양 찻주전자를 선물로 줬다. 예쁘다. 영원히 간직해야지. 하지만 에식스 대학교라니. 왜 내가 에식스 대학교에 지원을 했을까? 에식스에는 한 번도 안 가봤는데!

합격을 했으니 가야 한다. 여기 계속 있을 수는 없다. 그런데 너무 겁이 난다.

1990년 8월 22일 수요일

바람났어

🔔 *밤 10시 39분*

핀의 여친이 바람이 난 것 같다. 핀이 여행 가 있는 동안 핀 하고는 끝을 냈나 보다. 하지만 찻잔 속의 태풍이다. 이미 전에 다 봤던 상황이다.

엄마가 늘 하던 말이 있다. 집에서 스테이크를 먹을 수 있는데도 굳이 밖에 나가 형편없는 고기를 먹고 싶어 하는 사람들이 있다고. 그게 무슨 의미인지 이제 알겠다. 핀은 최고급 설로인 스테이크다. 그런데 그의 여친은 찌꺼기 고기와 진하게 키스를 한 거다.

아까 저녁 때 무화과가 내게 말했다. "한동안 이상하게 굴더니 다시 원래 모습으로 돌아왔구나, 레이." 맞아, 무화과야. 내가 정신이 좀 나갔었는데 아무도 눈치를 못 챘어. 나는 아무한테도 말하지 않을 거야. 내 머릿속 생각을 남한테 말한 적이 없거든.

1990년 8월 24일 금요일
이중스파이

🔔 *오전 10시 47분*

가슴이 너무 뛰어서 뻥! 터져버릴 것만 같다.

핀이 여행을 마치고 돌아왔다. 오늘 아침에 우리 집 문 앞으로 찾아온 거다. 어찌나 멋있어졌는지 말로 다 표현이 안 된다. 알맞게 그을린 피부. 나의 부족함과 못생김, 뚱뚱함을 이토록 절절히 느낀 적이 있을까. 죽을 것만 같다. 가슴의 떨림이 멈추지 않는다.

핀은 여친하고 끝냈다고 말했다. 나는 둘이 다시 잘되길 바란다. 그래도 핀의 여친은 사랑스러운 여자니까. 못돼먹은 년이랑 사귀는 것보단 낫지 않을까. 핀의 여친이 "레이, 핀이 네 말은 잘 들으니까 네가 핀한테 얘기 좀 잘해줘"라며 내게 부탁을 하기도 했다. 그래서 나는 핀에게 사실대로 말했다. 네 여친은 널 사랑하고 참 좋은 애라고. 또 다른 사실은 말할 수 없었다. '핀, 난 널 사랑해. 진심으로 너랑 함께하고 싶어. 어떻게 해야 날 여자로 봐주겠니?!'라는 사실 말이다.

핀의 여친은 나를 자기네 연애 상담사라고 부른다. 이중스파이가 된 기분이다.

핀은 살이 좀 빠진 것 같다. 사랑스러워 미치겠다. 어떻게 사람이 이렇게 멋있을 수가 있지.

클럽 출입금지

🔔 새벽 1시 32분

이게 뭐야! 어떻게 이럴 수가 있어! 너무해!

둔탱이가 이상한 이유로 올리버스 나이트클럽에 입장을 거부당했다. 입구를 지키는 가드가 둔탱이를 인사불성으로 취해 자기가 업고 나왔던 여자로 오해한 거다. 둔탱이는 그런 적이 없는데 말이다. 몇 번 내가 술에 취한 둔탱이를 부축해서 나온 적은 있지만 가드에게 업혀 나온 적은 없다. 이럴 순 없다. 올리버스는 우리 모두가 들어가서 놀던 곳인데. 다 같이 들어가 춤추며 놀아야 한단 말이다!!

이 사태에 대해 튀긴 소시지는 괴상한 헛소리를 이론이랍시고 늘어놓았다. 어쩌면 가수인 베티 부가 스탬퍼드에 온 적이 있고 술에 잔뜩 취해 올리버스 밖으로 업혀 나간 적이 있을지도 모른다는 이론이었다. 올리버스 클럽의 가드가 둔탱이를 베티 부로 착각해서 안에 못 들어가게 막은 걸 수도 있다는 거다.

1990년 8월 27일 월요일
여러 가지 고민들

🔔 *밤 9시 34분*

에식스에 대해서는 생각을 안 하려 애쓰고 있다. 다른 중요한 일들에 신경을 집중하는 중이다. 1) 둔탱이를 다시 올리버스에 들어갈 수 있게 만들기 2) 베티 부가 스탬퍼드에 올 가능성은 별로 없고 온다고 해도 그와 잠을 잘 가능성은 더 희박하다는 것을 튀긴 소시지에게 납득시키기 3) 핀을 밖으로 나오게 해서 그와 내가 세상의 양 끄트머리로 각각 떠나기 전에 얼굴이라도 보기.

9월

September

1990년 9월 2일 일요일
오빠면 좋겠다

🔔 *새벽 2시 46분*

시간은 이렇게 흘러간다. 토요일이 완전 엉망진창이 될 거라고 생각하지만, 막상 토요일이 되면 볼츠 펍에서 신나게 밤을 불사르는 거다. 볼츠 펍에 가기 전에 목초지에서 모트와 술을 마셨다. 모트는 언제나 그렇듯 사랑스럽다. 어쨌든 목초지에서 그러고 있다가, 사전에 계획을 한 것도 아닌데 핀과 상당히 심도 있는 대화를 나누게 됐다.

이 남자는 진짜 끝장나게 매력이 넘친다. 그는 '생각을 정리했다'면서 (나는 언제쯤 내 머릿속 생각들을 정리할 수 있으려나) 속을 털어놓았다. 그는 지금 인생에서 무척 힘든 시기를 보내고 있다. 왜 그는 초콜릿이랑 감자칩을 먹으면서 스트레스를 풀지 못하는 걸까?

내가 한 말들
- - - - - - - - - -
1. 네가 내 오빠면 좋겠다. (아니, 진심이 아니야. 내 진심은 잘생기고 재미있고 멋진 너와 결혼하고 싶어.)

2. 너는 내 최고의 절친 다섯 명 중 하나다.

핀이 내게 한 말들

1. 너 자신을 과소평가하지 마라.

2. 에식스에서 괜찮은 남자를 만날 수 있을 거다.

3. 네가 외로워한다는 걸 알지만 그럴 필요 없다. 넌 멋진 애다.

4. 살을 빼면 지금보다 두 배는 더 매력적인 사람이 될 거다.

(주의: '두 배는 더 매력적인'이라는 말은 지금도 최소한의 매력은 갖고 있다는 뜻일 거다.)

핀 박사님께,

당신은 내 외로움을 치료해줄 수 있어요.

당신의 사랑으로 나를 치료해주겠다고, 노골적으로 확실하게 나를 사랑해주겠다고 처방전에 써줘요.

사랑을 담아, 환자 레이 얼 드림. (환자이면서 여러 가지로 인내심도 많은 여자임. 인내심이 너무 많아 탈일 정도임.)

1990년 9월 4일 화요일
아리스토텔레스

🔔 **오후 4시 23분**

내일 아리스토텔레스와 함께 헐 시에 가보기로 했다. 아리스토텔레스는 모트가 붙인 별명인데 우리는 죽이 맞아 같이 있으면 웃음이 넘친다. 나는 아리스토텔레스가 마음에 든다. 그는 튀긴 소시지의 친구인데, 헐 대학교에 진학하게 됐다. 그래서 내년부터 살 숙소를 정할 겸해서 헐 시에 가보고 싶다는 것이다. 그의 똥차에는 라디오나 카세트플레이어가 설치돼 있지 않아 이동하는 동안 음악은 내가 맡기로 했다. (아리스토텔레스의 부모님은 부자인데 아들이 왜 이런 차를 몰고 다니게 하는지 모르겠다.) 뒤 트렁크에 작은 휴대용 카세트플레이어는 있다고 하니 그걸로 음악을 들으면 될 것 같다. 아리스토텔레스는 나처럼 더 원더 스터프의 노래를 좋아한다. 다른 곳으로 이동해보는 게 나한테도 도움이 될 것 같아서 같이 가기로 했다. 증상이 나타날 경우에 대비해 엄마의 진정제를 몇 개 가져갈 거다.

1990년 9월 7일 금요일
핀에 대한 자료

🔔 **밤 11시 1분**

야단났다! 아주 난리가 났다.

어제 핀의 여친이 울면서 나를 찾아왔다. 나는 핀을 사랑하지만 지금 핀은 여친에게 멍청이처럼 굴고 있다. 어젯밤에 핀의 여친이 우리 집에서 자고 갔다. 덕분에 나는 핀의 사진들, 핀이 준 물건들을 내 침대 매트리스 밑에 숨겨야 했다. 내가 미술관급으로 핀에 대한 자료를 수집했다는 걸 핀의 여친은 모를 거다. 그럴 거다. 내가 핀을 친구로서 좋아하는 거라고만 알고 있을 테니까.

별에게 소원을 빌어

🔔 *저녁 8시 23분*

여기 앉아 창밖을 내다보며 로즈 로이스의 〈별에게 소원을 빌어요Wishing on a Star〉를 듣고 있다. 내가 들어본 중 제일 아름다운 노래다. 누군가를 잃은 후 그들이 돌아오길 바라는 마음을 담았다. 나는 만물에게 소원을 빈다. 별에게도, 무지개에게도, 우리 집에서 세 집 건너에 사는 흡윤개선 피부병에 걸린 검은 고양이에게도. 참고로 그 고양이는 엄마가 키우는 패션프루트 식물에다 오줌을 싸서 엄마를 미치고 팔짝 뛰게 만드는 놈이다. 어쨌든 나쁜 것들은 모두 물러가고 핀만 남기를 소원한다. 내 몸에서 지방을 걷어내고 내 머릿속에서 미친 생각을 걷어내면 그 보상으로 핀이 주어지기를. 하지만 그렇게 되려면 단순한 소원 갖고는 안 된다는 걸 안다.

소원만 빌어서 다 이루어질 것 같으면, 내 몸을 여섯 번 때리고 주기도문을 열 번 완벽하게 외워야만 엄마가 죽지 않는다고 믿을 필요도 없겠지.

더 팜의 〈근사한 기차Groovy Train〉는 언제 들어도 멋진 노
래다.

1990년 9월 11일 화요일
닭 뼈

🔔 **오전 11시 1분**

아침에 일어나 나가 보니 누가 우편함 안에 봉투를 넣어
놨다. 그 안에는 닭 뼈와 함께 '이걸 콧구멍에 쑤셔넣고 네가
왔던 곳으로 꺼져버려'라고 적힌 쪽지가 들어 있었다.

지금까지 뚱녀로서 온갖 수모를 당해왔지만 이번 건은 이
해가 되질 않는다.

> 1) 나는 닭을 엄청 먹진 않는다. 스탬퍼드에는 케이에프씨도 없다.
> 양념한 닭날개 같은 걸 실컷 먹을 때가 있기는 한데 가끔이고 정
> 기적으로 먹지는 않는다.
> 2) 나는 스탬퍼드 병원에서 태어났다. 왔던 곳으로 꺼지라니 어디로
> 꺼지라는 거지? 태어나자마자 살았던 러틀랜드 로(路) 아니면 스
> 탬퍼드 고등학교?! 어느 쪽이든 멍청한 소리긴 마찬가지다.
> 3) 닭이든 뭐든 무언가의 뼈를 남의 집 우편함에 넣는 것은 비열한

짓이다.

4) 말도 안 되는 짓거리를 하는 멍청이들한테 이제는 길거리에서뿐 아니라 내 집에서까지 괴롭힘을 당하고 있다. 재수 없는 새끼들.

5) 나가기가 겁이 나지만 여길 벗어나고 싶다.

🔔 저녁 7시 9분

일을 마치고 집으로 돌아온 엄마에게 닭 뼈와 쪽지를 보여주면서, 멍청이들이 지긋지긋하게 사람을 괴롭힌다고 말했다. 그러자 엄마가 말했다. "레이첼, 그건 널 괴롭히려고 보낸 게 아니야. 너한테 보낸 것도 아니고. 아드난한테 보낸 거야. 아드난더러 야만인이라는 거지. 닭 뼈를 콧구멍에 쑤셔넣으라고? 네가 왔던 곳으로 꺼져버리라고? 어쩌면 이러니."

아, 엄마 말이 맞는 것 같다. 그래도 기분은 더럽다. 우리 주변에 히틀러와 파시스트들이 살고 있었구나! 내가 아드난을 항상 좋게 생각했던 건 아니지만 그가 흑인이라서 트집을 잡으려 했던 건 아니다! 아드난이 노래를 엉망진창으로 부르고, 눈에 띄는 대로 다 먹어치우는데도 살이 찌지 않고, 이 집 분위기를 구스베리처럼 괴상하게 만들어놔서다. 만약 그의 피부색이 구스베리처럼 보라색이라고 하더라도 그는 그렇게 살 자격이 있다. 하지만 피부색이 검다고 해서 이렇게 끔찍하게 구는 사람들은 도대체 뭐하는 걸까? 이럴 거면 스탬퍼드란 이름을 버리고 남아프리카공화국으로 바꾸든지!! 아니, 여긴 남아프리카공화국만도 못하다. 적어도 남아프리카공화국은 넬슨 만델라를 석방시켰으니까.

어떻게 할 생각이냐고 묻자 엄마가 대답했다. "뭘 어떻게 해? 아드난이 못 보게 해야지." 엄마는 아드난이 지나갈 때 그의 등 뒤에 대고 원숭이 소리를 내는 사람들도 있다고 말했다. 1) 너무 끔찍해서 상상하고 싶지도 않다 2) 정말 사람을 자살하고 싶게 만드는 짓이다! 아드난은 새끼손가락만으로도 그런 작자들을 죽일 수 있을 만큼 힘이 세지만 진짜 점잖은 거인이라서 그렇게 하지 않는다. 그게 포인트다. 그는 그냥 꾹 참을 뿐이다.

나처럼. 우린 수모를 참아야 한다. 도대체 왜 그래야 하지?! 나는 살을 빼면 더는 이런 수모를 당하지 않아도 된다. 하지만 아드난은 피부색을 바꿀 수가 없다. 왜 우리가 남들 입맛에 맞춰야 하는데?! 왜 내가 살을 빼야 하냐고? 피부색이 검은 것과 뚱뚱한 것에 공통점이 있으리라곤 생각해본 적 없는데, 우린 둘 다 거대한 불의의 역사를 견디고 있다.

1990년 9월 12일 수요일
인종차별주의자

🔔 *오전 11시 48분*

아침에 마을 거리를 걸으면서 사람들을 볼 때마다 생각했다. "당신이 우리 집에 닭 뼈를 보낸 사람이야?" 모든 사람을 의심하고 있다. 몰래 우편함에 닭 뼈를 넣은 작자는 국민전선당(특히 인종 문제와 관련하여 과격한 견해를 지닌 영국의 소수당 - 옮긴이)에 입당하고도 남았을 인종차별주의자가 아닐까? 다음에는 우편함에 뭘 또 넣을까? 폭탄? 개똥?

1990년 9월 13일 목요일
엄마는 사실 여린 사람

🔔 *오전 11시 2분*

오늘 아침 우편함에는 청구서 몇 개 말고는 없었다. 엄마는 청구서보다는 닭 뼈와 인종차별주의자의 헛소리가 적힌 쪽지를 더 좋아하지 않을까. 적어도 돈을 내놓으라고는 하지 않으니까!

농담이다. 엄마가 그런 쪽지를 더 좋아할 리 없다. 닭 뼈를 보낸 자가 누군지 알게 되면 엄마는 무서워할 거다. 엄마는 폭력적인 사람이 아니다. 그냥 속으로 욕을 할 뿐이다. 내가 보아 온 바로 엄마는 늘 그랬다.

뭐, 이런 짓을 한 자들은 욕을 먹어도 싸다. 그들이 이디스 카벨 병원의 정신병동에서 콩 주머니 던지기 운동이나 하는 신세가 되기를, 그리고 그들을 담당하는 정신과 의사들은 전부 아시아인과 중국인, 흑인이기를 바란다.

1990년 9월 14일 금요일
영국 이민국

🔔 밤 10시 12분

아드난이 영국을 떠났다. 이민국이 원하는 대로 하려면 그 수밖에 없다. 이번에는 그에게 제대로 작별인사를 했다. 그는 좋은 사람이고, 스탬퍼드에서 스티브 비코(남아프리카공화국의 시민 운동가이며 흑인의식운동의 창시자 – 옮긴이)처럼 살 필요는 없다. 이제 엄마는 그와의 결혼이 합법적이라는 것을 증명하기 위해 지난한 과정을 돌파해야 한다. 아드난이 백인이 아니기 때문일 것이다. 이 나라는 인종차별을 일삼는다. 시네이드 오코너는 〈모페드 자전거를 탄 흑인 소년들Black Boys On Mopeds〉이라는 노래에서 그 점을 꼬집었다.

생각해보니까 아드난이 흑인이라는 이유보다는, 엄마보다 이십 년 연하이고 영어도 제대로 못하고 엄마와 알게 된 지 오 분 만에 동거를 하게 되었고 엄마는 두 번째 남편인 게이 라틴어 교사와 이혼을 한 지 얼마 되지 않았기 때문일 것 같기도 한데, 그래도 영국이 인종차별을 하는 나라라는 사실에는 변함이 없다. 이 망할 권력에 저항하자!

1990년 9월 16일 일요일
사랑하는 핀에게

🔔 *밤 9시 23분*

사랑하고 또 사랑하는 핀에게.

어디서부터 시작해야 할까?

네가 이 글을 볼 일은 없을 테니, 내가 어디서부터 시작하든 중요하진 않겠네.

어젯밤 펍에서의 일 이후로 넌 다시는 나랑 말을 안 섞고 싶겠지. 내가 술에 취해 있었기는 하지만 변명이 안 되는 거지?

나를 봐, 핀. 뭐라고 설명을 못하겠는데 일단 나는 진짜 못생기고 뚱뚱한데다가, 앞으로 수년간은 정신과 의사들의 진료를 받아야 할 정도로 콤플렉스도 엄청나. 그리고 너. 내게 넌 전부야. 너에 대한 감정 때문에 미칠 것 같아. 너무 오랫동안 이 감정을 간직해왔어. 정확히 말하자면 작년 7월 23일 이후 부터야. 이렇게 말하니까 좀 유치한 것 같네. 유치하긴 싫은데. 이건 학창시절에 누구한테 잠깐 꽂히는 그런 감정이 아니야. 더 깊은 감정이야.

아, 젠장. 이것도 아닌데. 우스꽝스럽게 들리지? 내가 이렇지 뭐. 아, 자기연민에 빠지지는 않을게. 그 정도까지 내려갈 순 없어.

어젯밤에 네가 무슨 말을 했는지 기억이 안 나, 핀. 내가 울던 거, 네가 나를 볼츠 펍 밖으로 데리고 나간 거, 나를 안아주고 내 손을 잡아주고 정말 사랑하듯이 대해준 거는 기억나. 상냥한 말들도 잔뜩 해줬지. 넌 내게 사랑한다고 했어. 물론 내가 너무 속상해하면서 죽고 싶다고 하니까 그렇게 말해준 거겠지만. 절반쯤은 진심이지 않았을까. 난 죽고 싶지 않아. 이 삶을 좋아하게 될 방법을 못 찾고 있을 뿐이야.

그러고 있다가 넌 내게 억지로 피자를 먹게 했고 난 네 앞에서 방귀를 뀌었어. 아, 너무 비극적인 거 아냐? 예의라곤 하나도 없는 인간이 돼버렸어. 사랑하는 남자 앞에서 술에 취해 횡설수설한 것도 모자라 방귀까지 뀌다니!

(자기비하는 좋지 않지만) 이러는 내가 가끔은 증오스러워.

이런 말들이 수다쟁이 여학생 이야기처럼 들린다는 거 알아. 하지만 그저 아름다운 사람, 아름다운 감정을 발견했고 그

일부가 되고 싶을 뿐이야. 우리 앞으로도 꼭 연락하며 지내자.

내가 술에 취해 허우적대는 인간이긴 하지만 그래도 널 사랑해.

1990년 9월 20일 목요일
윈스턴 처칠에게

🔔 *저녁 8시 45분*

오늘은 여러 가지로 재미있었다! 일을 마치고 집에 돌아온 엄마는 안락의자에 앉아 멍하니 허공만 응시하고 있었다. 오늘은 엄마의 생일이다!! 아드난이 모로코로 돌아가긴 했지만 그래도 엄마는 커플이다. 싱글인 나보다 훨씬 낫지! 멍하게 있던 엄마는 난데없이 윈스턴 처칠을 성토하기 시작했다. "사람들이 윈스턴 처칠을 영웅이라고 하는데 웃기지 말라 그래. 옛날에 우리가 처칠을 만나려고 몇 시간째 기다리고 있었는데 막상 차를 타고 우리 앞을 지나가면서 손 한 번 안 흔들더라. 와서 나를 구해주지도 않았어." 그래서 내가 말했다. "음, 엄마…… 그분은 자유세계를 구하느라 바빴나 보죠." 그러자 엄마가 소리쳤다. "그때는 1950년대 초였는데 바쁘긴 뭐가 바빠!" 나는 엄마가 계속 허공을 쳐다보며 멍 때리게 두고 펍으로 가서 엄마를 위해 생일 축배를 들었다. 엄마가 기운을 차리길 바란다. 지금은 기분이 저조해도 결국 잘 헤쳐나갈 사람이다. 늘 본인이 원하는 것을 얻어내고 마는 사람이기도 하다.

1990년 9월 23일 일요일
만나러 갈게

🔔 밤 11시 37분

아까 핀이 난데없이 말했다. "다음 주에 너 만나러 갈게."

그래서 나는 대답했다. "그러든지."

아, 너무 기대하진 말자. 내가 빌려가서 잊어버리고 안 돌려준 물건을 찾으러 오는 걸 수도 있으니까. 내가 원하는 건 이거다. "대학 가지 말자. 나랑 같이 세계일주를 하는 게 어때. 네가 공황발작을 일으킬 때마다 내가 종이봉투를 줄 테니까 봉투 안에다 숨을 내쉬어. 그렇게 함께 모든 대륙을 여행하자. 남극 대륙에도 가서 속에는 아무것도 입지 않고 털옷만 입는 거야."

하지만 아마 재킷을 돌려달라는 말일 거다. 내 인생이 그렇지 뭐. 재킷. 감자. 약. 공황발작. 엄마가 잔뜩 크게 틀어놓는 음반들을 만들어 내놓고 있는 자이브 버니와 마스터믹서스. 〈파티할까?Can Can You Party?〉 같은 노래들. 한마디로 싫다.

1990년 9월 24일 월요일
떠나는 핀

🔔 *밤 12시 16분*

기분이 이렇게 우울하지 않으면 일기를 잔뜩 쓸 텐데.

왜 나는 이렇게 끔찍하게 구는 걸까? 내 머릿속에서 일어나고 있는 일에 대해 사람들에게 말한다면 나는 영원히 정신병동에 갇히게 될 거다. 끊임없는 걱정을 털어버리고 평화로운 상태로 살고 싶다.

대학에 대해서도 너무 걱정된다. 내가 그 대학교를 싫어하면 어쩌지? 그들이 나를 싫어하면? 대학교에서 할 일을 잘 못해낸다면? 여기서 계속 살 수는 없지만 다른 곳으로 가서 살 수 있을 것 같지도 않다.

어젯밤 핀은 내게 말했다. 스탬퍼드를 떠나서 다시는 돌아오고 싶지 않다고. 그는 이곳을 증오한다고 했다. '안 좋은 기억만 가득한 곳'이라고도 했다. 나한테도 그렇지만, 그래도 좋은 기억도 있다. 그는 우리가 함께 보낸 멋진 밤들을 기억 못하는 건가? 꽤 많은 밤을 다 같이 즐겁게 보냈는데.

나는 이미 과거형으로 말하고 있다.

이미 사라져버린 것처럼.

1990년 9월 26일 수요일
핀이 준 반지

🔔 *저녁 7시 34분*

핀이 우리 집에 들렀다.

그는 '나랑 여행 다니면서 모든 대륙에 다 가보자'라는 말 대신 "행운을 비는 카드하고 보잘 것 없지만 선물 하나 가져 왔어. 내 모페드 자전거에 실을 수 있는 게 이것밖에 안 돼서. 토요일에 보자"라고 말했다.

그러고는 자기 여친을 만나러 가버렸다.

카드에는 이런 말이 적혀 있었다. '어이 펑키 아가씨. 좋은 시간 보내. 너라면 그럴 수 있을 거야. 반지 색깔이 항상 파란 색을 유지하게 하고. 사랑을 담아, 핀이 보냄.'

선물은 끼고 있는 사람의 기분에 따라 색깔이 변한다고 하는 무드 링이었다. 파란색은 차분하고 편안한 기분임을 의미한다.

핀을 사랑한다. 더 쓰기도 지겨울 만큼 사랑한다. 너도 이 얘길 더 듣는 게 지겹겠지만 그래도 어쩌겠니. 그런데 핀이 여 길 떠나겠대. 떠나버리겠대.

1990년 9월 28일 금요일
아빠가 웬일이야

🔔 밤 9시 24분

뜻밖의 일이 일어났다. 아빠가 나를 에식스 주로 데려다주기로 했다. 이유는 1) 그곳 지리를 잘 알고, 2) 아빠가 살고 있는 입스위치 근처이며, 3) 나를 아빠의 오펠 만타 자동차 뒷좌석에 태우면 되고, 4) 엄마의 말에 따르면 '지금이야말로 애비 노릇을 할 때'이기 때문이다. 어쨌든 오랜만에 아빠를 보게 돼서 좋기는 하다. 아빠가 나를 차에 태우고 가는 곳이 내 입장에서는 암울하기 짝이 없는 곳이기는 하지만 말이다.

1990년 9월 30일 일요일
기숙사

🔔 새벽 2시 10분

한 시대가 끝이 났다.

내일을 맞이하기가 두렵다. 지독한 향수병에 몸이 아프고 공황발작을 일으키지 않을까? 멀쩡하고 싶다. 이겨내야 한다. 두려움은 내 일부가 아니니 도려내야 한다.

어젯밤, 핀이 나를 한 번 안아주고 윙크를 하고는 떠났다.

그렇게 떠나버렸다. 돌이키기엔 너무 늦었다. 세상에서 나를
제일 잘 이해해준다고 믿었던 사람인데, 내 마음을 말하지도
못하고 떠나가게 두고 말았다.

🔔 저녁 7시 10분

에식스 대학교에 도착했다. 내 숙소는 케인스 타워 기숙사
십 층이다. 내 방 텔레비전은 작동을 하지 않고, 경량블록으로
지어진 방은 가구가 거의 없어 황량하다. 창문도 조금밖에 열
리지 않는다. 창밖으로 뛰어내리지 못하게 막으려는 걸까.

아, 젠장. 레이, 여긴 대학교지 정신병동이 아니야.

수업은 다음 주부터 시작이고 이번 주는 신입생 환영 주간
이다. 아래로 내려가서 학교 측에서 우릴 위해 틀어놓은 영화
를 봐야 한다. 스페인어로 된 건데 제목은 〈신경쇠약 직전의
여자〉다. 나 보라고 틀어주는 영화인 것 같다.

🔔 밤 11시 23분

영화는 무척 좋았고, 토니 타워 기숙사에 배정받은 괜찮은
학생들하고도 안면을 텄다! 에기와 새라. 공황장애가 있다고
새라에게 털어놓자, 새라는 여기서 처음 보내는 밤이니만큼
힘들면 자기네 방에 와서 자도 괜찮다고 배려를 해줬다. 케인
스 타워 기숙사에서 나와 같은 층을 쓰는 학생들은 전부 원숙
해 보이는 사람들뿐이다.

10월

October

1990년 10월 1일 월요일
이방인

🔔 **밤 9시 35분**

에기에게 내 기분을 얘기했더니 자기네 방에 와서 자도 좋다고 해줬다. 에기와 새라가 같이 쓰는 방이다. 우리는 비디오로 〈외계인 피에로〉를 같이 봤다. 재미없었지만 그래도 내 방에서 혼자 있고 싶진 않았다. 오늘은 '도서관 이용 교육'이 있었다. 나는 승강기를 싫어하지만 그래도 이곳 승강기는 멋대로 멈추지는 않는 것 같다. 뭔가 잘못됐다는 느낌이 왔을 땐 적시에 그만둬야 한다. 지금이 딱 그렇다. 모든 게 잘못됐다는 느낌이다. 이곳은 나와 맞지 않다. 탑처럼 쭉쭉 뻗어 올라간 건물들. 콘크리트 연못. 혼란스러워하는 오리들. 게다가 미국학이라니?! 왜 내가 미국학을 공부해야 하는데? 미국에 일 년이나 가 있어야 한다고?! 이 대학교가 있는 에식스 주 콜체스터 시에서도 나는 고전하고 있다. 다른 데로는 또 못 간다. 하지만 집으로 돌아갈 수도 없다. 끝났다. 끝장났다. 끝장. 망했다. 어디로 가야 할지 모르겠다.

1990년 10월 2일 화요일
집에 가고 싶다

🔔 *저녁 8시 12분*

에기와 새라가 자기네 방에서 그만 자라고 했다. 어쩔 수 없이 내 방으로 돌아가야 했다. 그들 말이 옳다. 새라는 이미 인내심이 바닥을 쳤다. 섹스를 하고 있어야 마땅한 시간에, 뜨끈한 오렌지 즙을 내게 가져다주거나 과호흡하는 나를 옆에서 돌봐줘야 했으니 그럴 만도 하다. 그래서 나는 내 방으로 돌아왔다. 재미로 소돔과 고모라에 관한 책을 읽고 있던 '데이브 오'라는 남자를 같은 층에서 만나, 삼십 분 정도 그 남자의 수다를 들어줬다. 데이브 오가 말했다. "이 층은 진짜 지루하지 않냐?" 그래, 맞는 말이야. 네 얘기만 하지 말고 상대에 대해서도 좀 물어봐가면서 대화를 하면 너한테 도움이 되겠네.

여긴 나랑 맞지 않다. 내가 나약하고 정신 빠진 사람이라서가 아니다. 애초에 여기에 오면 안 되는 거였다. 확실히 잘못됐다. 집으로는 못 돌아간다. 그랬다간 엄마가 날 죽이고 말 거다. 그래도 집으로 돌아가면 이렇게 괴로워하지 않아도 될 텐데. 하지만 뭐 내가 집으로 돌아가겠다는데 엄마가 어떻게 막겠어. 하지만…… 아, 나는 많은 사람들에게 실망을 안겨주게 될 거다. 나로 말할 것 같으면, 우리 집안에서 수세대에 걸쳐 유일하게 대학에 진학한 첫 번째 여성이다. 증조할머니는 굉장히 똑똑했지만 바닥 청소하는 일을 해야 했고, 엄마는 대학 진학을 위해 시험을 보는 대신 생선 내장을 뽑아내야 했다. 우리 할머니는 좀 우둔한 편이었지만 여기서 핵심은 그게 아니다. 그분들이 모두 원했지만 가질 수 없던 기회를 나는 가졌는데, 지금 날려버리려 하고 있다는 것. 쳇, 난 더 못하겠으니 와서 나 대신 다니시든지요. 집으로 가고 싶다. 집에 있고 싶다.

생각해보니 내 조상님들은 거의 세상을 하직했기 때문에 여기서 대학에 다닐 기회를 잡아볼 수조차 없다. 하지만 엄마는 가능하다! 대학이 그렇게 좋으면 직접 와서 다니든지요. 엄마와 나이차가 엄청 나는 연하남들도 쫙 깔려 있어요!

못된 말이었다. 그렇지만 화가 나니 어쩔 수 없다.

1990년 10월 3일 수요일
기절

🔔 *오후 5시 24분*

머리가 심하게 아파서 코데인/파라아세타몰 네 알을 먹었다. 학생회관에 있는 빨래방 근처에서 기절했고 대학 진료소로 실려 갔다. 의사에게 내가 먹은 약에 대해 털어놓았다. 그들은 내 위장을 굳이 세척하지는 않았다. 세 시간에 걸쳐 드문드문 네 알을 삼켰으니 그 정도는 아무것도 아니다. 그냥 한동안 의식을 놓아버리고 싶었을 뿐이다. 죽고 싶은 건 아니다. 단지 여기 있고 싶지가 않다. 그들은 나를 환자 이송용 침대에 꽤 오래 누워 있게 했다. 온갖 생각이 머릿속을 맴돌고 잔물결을 일으키고 빙글빙글 돌면서 단어들을 흩어놓았다. 아무 의미 없는 단어들. 아무것도 설명해주지 못하는 단어들. 나는 예전과 똑같이 헛소리의 바다에 빠져들고 있다. 감당이 안 된다. 할 수 있을 때 집으로 돌아가야 한다.

다들 내게 친절하게 대해줬지만 눈빛을 보면 알 수가 있다. 그들에게 나는 '괴상한 애'다. 아무래도 학생 상담사에게 상담을 받아야겠다.

여길 떠나야 한다. 오늘 저녁에 엄마한테 전화를 해서 말해야겠다.

1990년 10월 4일 목요일
속 시원하다

🔔 **오후 2시 10분**

학생 상담사를 만나고 왔다. 무척 친절한 사람이었다. 그녀는 내가 살아온 배경과 가족 관계를 물었다. 나는 엄마가 게이 라틴어 교사와 얼마 전에 이혼을 했고 모로코 출신 보디빌더와 재혼을 했으며 그 보디빌더의 모습을 엉덩이에 문신으로 새겼다는 얘기를 털어놓았다. 아빠는 지독한 술꾼인데다가 인생을 될 대로 되라는 식으로 살아가는 사람이라서 나는 늘 근심을 안고 있었다. 남들과 다르다는 이유로 괴롭힘을 당하며 살았던 시기에 대해서도 말했다. 내가 생각을 통해 세상만사를 거의 모두 통제할 수 있으며, A레벨 시험을 한 달 앞두고 항문 안쪽의 종양을 제거했다는 얘기도 빼놓지 않았다.

할 얘기가 더 있었지만 상담 시간이 한 시간으로 정해져 있어서 그 정도로 마무리했다.

상담사는 한참 동안 나를 바라보더니, 앞으로 좀 더 상담을 받아보면 도움이 될 거라고 말했다.

1990년 10월 6일 토요일
집으로

🔔 저녁 7시 1분

집으로 돌아가기 위해 짐을 쌌다. 모트와 모트의 아빠가 와서 도와주었다. 그들도 이곳이 심히 우울한 곳이라고 여기는 표정이었다. 차 뒤의 트렁크에 짐을 넣고 있는데 웬 남자가 와서 말을 걸었다. "벌써 떠나려고?" 내가 대답했다. "어. 내가 있을 곳이 아니야." 그러자 그가 말했다. "제대로 시도도 안 해보고?" 아니, 됐다. 굳이 전부 겪어보지 않아도 나와는 맞지 않는 곳이라는 걸 알 수 있을 때가 있다. 그러니까 내 갈 길 가게 저리 꺼지셔. 록밴드 인스파이럴 카페츠의 이름이 적힌 티셔츠를 입고 다니는 사람들은 너처럼 하고 싶은 말을 다 하려는 성향이 있는 것 같은데, 됐거든.

집에 도착하자 엄마는 노발대발했다. 계속 악을 쓰면서 야단을 치더니, 내일 아침에 당장 일자리 센터에 가서 일거리를 알아보라고 했다. 그런데 내일은 일요일이라 센터가 문을 열지 않는다. 어쨌든 이제부터 나는 성인으로서 이 집에서 먹고 자는 것에 대한 비용을 내야 한다. 하지만 이미 몇 년째 소금 식초 맛 훌라 훕스 과자를 조금씩 사서 숨겨놓았기 때문에 내 생활은 전혀 달라질 게 없다고요, 아주머니!

1990년 10월 7일 일요일
잔소리는 그만

🔔 **밤 9시 54분**

내일 학교에 전화를 해서 에식스 대학교를 그만뒀다는 것을 알리고 재지원 일정을 잡아야 한다. 즉 에식스 대학교에서 있었던 일들을 쭉 다시 읊어야 한단 얘기다. 차라리 '탑처럼 높이 솟은 건물들도 싫고 처음부터 가고 싶지 않았습니다. 맞아요, 난 제정신이 아니에요. 그러니까 잔소리는 그만하시죠'

라고 적힌 티셔츠라도 입고 다녀야 할까 보다.

1990년 10월 12일 금요일
답답하다

🔔 밤 11시 1분

망했다! 학교에 가서 대학입학 공동관리위원회(UCCA) 대학 지원서를 제출했다. 그리고 목초지로 가서 커다란 버드나무에 기대 앉아 있는데 누가 나를 불렀다. "레이!" 핀의 여친이었다. 좋은 애다. 재미있고 예쁘고 귀엽다. 미워해야 마땅한데 미워할 수가 없다.

핀과는 더 이상 만나지 않는다고 했다. 핀은 요즘 시간이 넘쳐나고 있을 거다. 그도 아침에 눈을 뜨면 나머지 우리들이 평생 느껴왔던 그 허한 기분을 조금은 느끼겠지. 그는 섹시함의 살아 있는 화신이다.

어쨌든 나는 개한테 핀은 결국 너한테 돌아올 거라고 말해줬다. 실제로 돌아갈지는 나도 모른다. 나는 매일 핀이 보고 싶지만, 다른 일에서도 늘 그래왔듯이 그에 대한 그리움도 내 안에 꾹 눌러 담는 것에 익숙해지려 한다. 그가 준 무드 링은 항상 검은색이고 이제 녹이 슬어가고 있지만 계속 간직할 거다.

왜 나는 마음을 안정시키려고 기도를 하고 내 몸을 때리기까지 하는 걸까? 죽을 것 같다. 이 감정은 세탁기처럼 내 안에서 계속 맴돈다. 빙글빙글. 이런 식으로 감정을 되씹는 것이 고통을 없애는 유일한 방법이다.

나란 인간이 원래 이렇다. 감정을 깨끗하게 빨아내지 못하고 소음만 요란하게 계속 빙글빙글 도는 망할 세탁기다.

1990년 10월 15일 월요일
모리슨즈 슈퍼마켓

🔔 오전 9시 2분

네, 엄마. 〈킬로이 쇼〉만 다 보고 일자리 센터에 가볼게요.

모리슨즈 슈퍼마켓에서 일하고 싶냐고요? 음, 아뇨! 아메리칸 탠 스타킹, 지퍼 원피스, 하루에 열 번씩 지프 레몬주스와 퍼실 세제가 어디 있냐고 손님들이 물어대는 동안 나를 계속 지켜보고 있는 엄마가 있는 그곳에서 일하고 싶을 리가요. 절대 사양합니다!!

1990년 10월 16일 화요일
리즈 시에서

🔔 *오전 10시 52분*

리즈 시에서 엽서가 왔다.

> 레이에게,
> 콜체스터 시는 술 취한 에식스 대학교 여학생들로 가득해.
> 사랑을 담아, 핀이 보냄.

내가 왜 핀을 내 머리에서 몰아내지 못하고 영원히 둘 수 밖에 없는지 너도 참 궁금할 거야, 일기야.

1990년 10월 17일 수요일
쓸모 있는 존재

🔔 *밤 9시 25분*

가끔 행복하긴 하다. 하지만 늘 행복한 사람이 되고 싶다. 쓸모 있는 사람이고도 싶다.

남자들을 수백 명 봐왔지만 핀처럼 내 영혼에 불꽃을 일으킨 남자는 없었다. 내가 그를 지나치게 이상화시키고 있다는 거 안다.

그도 인간일 뿐인 것을!

1990년 10월 18일 목요일

바디숍 알바

🔔 *오전 10시 35분*

방금 편지를 받았다. 바디숍에 일자리가 나서 지원했는데 합격한 거다! 처음 지원한 일자리였는데 곧바로 합격이다! 이만하면 어때요, 엄마!

🔔 *저녁 6시 45분*

엄마의 반응은 이랬다. "잘됐네. 소매업체에서 일하게 됐구나."

아, 진짜 뭐야!

일은 11월부터 시작이다. 그동안 쉬어야지!!

1990년 10월 19일 금요일
초를 켜고

🔔 *저녁 7시 28분*

살벌한 조명등 대신 초를 켜면 방 분위기가 확 달라진다.

카세트테이프는 직접 녹음을 해서 내게 그 테이프를 건네준 사람에 대한 추억을 떠올리게 한다. 모든 노래에는 추억이 담겨 있다. 함께한 시간이다. 쇼티 롱의 〈펑션 앳 더 정션 Function at the Junction〉을 함께 들으며 앉아 있다가 서로에게 맥주컵 받침을 던지던 추억이다.

내 안에 나쁜 것들이 너무 많다. 거울을 보면 도저히 좋아할 수 없는 면이 보인다.

때로는, 그리고 이 글을 쓰는 동안에도 우쭐해지는 기분을 느끼기도 한다. 안팎으로 아름다운 무언가가, 내가 진심으로 사랑하게 될 것 같은 무언가가 보인다.

핀의 사랑이 이런 나를 고칠 수 있지 않을까. 생각해보니 고칠 수는 없을 것 같다. 핀뿐만 아니라 다른 어떤 남자도 내 외로움을 해결해주지 못한다.

내가 나 자신을 사랑하지 않는다면 외로움은 치유될 수 없다. 그러니 스스로를 사랑하는 방법을 배우는 게 무엇보다 먼저다.

어떻게 그렇게 하지? 스탬퍼드 도서관에 가보자. 오르가슴, 난초 재배, 루빅큐브 맞추는 방법(누가 그딴 방법에 관심이나 있을까? 큐브에 붙은 스티커를 쫙 떼어버리면 그만인데)에 관한 책들이 갖춰져 있다. 심지어 가수 루루에 대한 책도 있다!! 그런데 스스로를 사랑하는 방법에 관한 책은 없다.

누구든 '멍청이 짓을 그만두는 법'이라는 책을 쓴다면 백만 권은 팔릴 거다. 나부터도 당장 살 테니까.

스스로를 사랑하게 되려면, 조금이나마 나를 성장시켜줄 사람이 필요하다. 핀에 대한 생각만으로도 내 머릿속에서 부정적인 생각들을 쫓아버릴 수가 있다.

아뇨, 엄마. 내 방에 초를 켜놨다고 이 집이 홀랑 타버리지는 않아요. 멍하게 잡생각에나 빠져 있는 것도 아니에요.

1990년 10월 24일 수요일
호랑이 연고

🔔 *밤 11시 53분*

기침을 하는데 피가 나왔다. 폐결핵이나 소한테서 옮는다는 끔찍한 병에 걸린 게 아닐까. 사람보다는 가축과 더 많은 시간을 보내는 게 사실이니까.

가슴이 조이는 듯 답답하다. 담배 세 개비를 한꺼번에 피운 것처럼. 다행히 호랑이 연고가 있어서 가슴 전체에 문질러 발랐다. 엄청 섹시해진 기분이다! 몸에서 호랑이 연고를 파는 부츠 매장 냄새가 난다. 향수 코너가 아니라 약 코너에서 나는 냄새.

1990년 10월 29일 월요일
헐 대학교 면접

🔔 *오전 10시 47분*

목요일에 헐 대학교 면접을 보기로 했다!! 이번에는 망치면 안 된다. 그나마 다닐 만하다고 생각되는 대학이다. 이유는 모르겠고 그냥 나한테 맞을 것 같다는 느낌이 든다. 그리로 가야 할 운명인 것 같은 기분이다. 하우스마틴스 밴드도 헐 시에서 결성됐다. 내가 엄청 사랑하는 밴드다. 더 뷰티풀 사우스 밴드도 헐 시에서 결성됐고, 나는 이 밴드 역시 무지하게 사랑한다. 에식스 주 콜체스터 시 출신 유명 밴드는 없다. 단 하나도 없다. 그곳은 음악의 도시가 아니다. 에식스 대학교가 나와는 절대 맞지 않는 이유다. 콜체스터 시에서 그나마 음악을 연주하는 밴드라고 하면 우리 아빠가 좋아하는 군악대가 고작이다.

1990년 10월 30일 화요일
운명

🔔 *밤 9시 35분*

기차를 타고 헐 시에 가려면 차비가 필요해서 엄마한테 헐 대학교 면접을 보기로 했다고 말했다. 헐 대학교가 내 운명인 것 같다고 했더니, 엄마는 엄청 웃어대면서 그딴 말은 생전 처음 들어본다고 했다.

11월

November

1990년 11월 2일 금요일
최선

🔔 *밤 9시 23분*

잠이 필요하다. 어젯밤에는 완전히 뻗었다. 요즘은 기운이 너무 소진된다. 오늘 일어난 일을 적어보자면…….

우선, 헐 시에 도착했다. (헐 시 기차역에서 공황발작이 일어났지만 호흡을 가라앉히고 에이비씨의 〈사랑의 시선Look of Love〉을 들으며 극복했음.) 그런데 교수란 남자가 그 점수로는 이 대학에 들어올 수 없다고 했다. 내가 말했다. "선생님이 편지를 써주셨어요. A레벨 시험 직전에 제가 몸이 아팠다는 내용입니다." 그러자 교수는 특별 입학사정관을 만나게 해줄 수 있는지 확인해보겠다고 했다. 운 좋게도 특별 입학사정관이 자리에 있었다. (역시 헐 대학교는 내 운명인 거야!) 특별 입학사정관은 팻시 스톤맨이라는 이름의 여자였다. 그녀의 책장에 제임스 조이스의 《율리시스》가 꽂혀 있어서 나는 "저 책 읽어봤어요"라고 말했다. 실은 책 뒤표지와 본문 몇 페이지를 본 게 고작이었지만 우린 그 작품에 대해 얘기를 나눴고, 조지 오웰이라는 작가에 대해서도 의견을 주고받았다. 여러 책에 관해 두 시간가량 대화하면서 무척 좋은 시간을 보냈다. 나는 내 인생에 대해서도 털어놓았다. 정신병동에 관해서는 말하지 않았다. 정신병동에 책이라곤 〈리더스 다이제스트〉 잡지들뿐이었고 이

대화와는 관련이 없을 듯했다. 입학사정관은 좋은 사람이었다. 대화를 마치면서 "네 성적이 기준에 못 미치긴 하지만 입학을 고려해볼 수도 있을 것 같구나"라고 했다. 확실히 이렇게 말했다.

그런데 지금 돌이켜 생각해보니까 입학사정관이 그렇게 말한 건 아니었던 것 같기도 하다. 내가 잘못 들었던 것일까?!

정말 그런 걸까? 종일 아무것도 못 먹고 있다가 슈퍼누들즈를 먹은 후에야 겨우 정신이 조금 든다.

내가 할 수 있는 일은 다 했다. 어떻게든 결말이 나겠지.

1990년 11월 7일 수요일
스리랑카 의사 선생님

🔔 오후 4시 23분

오늘이 병원 예약날이라 가서 검진을 받았다. 난소 상태는 여전히 엉망이지만 스리랑카 출신 의사는 무척 친절했다. 의사가 말했다. "네가 심하게 뚱뚱하다는 말은 아니고 체중을 줄이면 네 건강에 도움이 될 것 같구나."

크리스마스는 넘기고 나서 살을 뺄 생각이다. 헐 대학교에 붙을 수도 있는데 면접 볼 때와 너무 다른 모습이면 안 될 테니까. 초콜릿 브라질이나 좀 먹고…… 먹기 대회에 나간 것처

럼 심하게 먹지만 않으면 되지! 내가 살을 빼면 엄마가 좀 열
받을 것 같기도 하다. 엄마는 살을 못 빼니까!

1990년 11월 10일 토요일
어이없는 질문

🔔 밤 11시 25분

볼츠 펍에 갔다. 아란 카디건을 입은 익숙한 등짝이 보였
다. (도대체 왜 이 녀석은 그런 옷을 입는 걸까?) 튀긴 소시지였다.
튀긴 소시지가 진지하게 할 얘기가 있다면서 나를 화장실 쪽
으로 끌고 갔다. 들어보니 여자들에 관한 얘기, 살이 쪘다는 얘
기였다. "레이, 나 어떻게 살을 빼지?" 그런 걸 왜 나한테 물어
보는 거야?! 내가 다이어트에 성공한 사람처럼 보이니?!

튀긴 소시지는 엑세터로 돌아간다고 했다. 모두들 이곳저
곳으로 흩어졌다. 이제 아무도 없다. 나만 여기 남아 있다. 정
신 빠진 헛소리와 괴상한 선택의 결과, 이곳에 갇혀버렸다.

1990년 11월 11일 일요일
빈정

🔔 *저녁 7시 58분*

엄마와 한바탕 말다툼을 했다. 엄마가 먼저 비아냥거렸다. "내일부터 바디숍에서 일하지? 행운을 빈다." 나는 약이 올라 소리쳤다. "빈정대는 말 필요 없어요!" 엄마는 빈정대는 게 아니었다고 말하지만 웃기는 소리다. 빈정댄 게 맞다. 엄마는 내가 바디숍에서 제대로 일을 못 할 거라고 생각하는데, 보란 듯이 해내고 말 거다. 아예 바디숍을 운영하면서 학위까지 확 따버릴까 보다. 우리 가족 중 누구라도 나를 믿어주면 좋겠다. 내가 뭘 하든 헛짓거리를 하는 인간으로밖에 안 본다. 내가 나중에 영국 수상이 돼도 스탬퍼드 사람들은 여전히 이렇게 말할 거다. "십대 때 우스갯소릴 좀 잘하는 애였어." 아, 젠장. 내가 이 나라를 이끌고 전쟁을 방지해도 마찬가지겠지.

지금은 그저 바디숍 선반에 파촐리 오일들을 채우는 게 고작이지만 그게 핵심은 아니잖아.

1990년 11월 12일 월요일
칼로리 소모

🔔 *밤 9시 45분*

힘들었다. 진짜 힘들었다. 오늘 백만 칼로리는 소모한 것 같다. 다이어트 참 쉽네. 다행히 바디숍 바로 옆에 맥도널드가 있다. 점심으로 치킨 맥너겟 아홉 조각, 밀크셰이크, 감자튀김 대형, 애플파이 하나를 먹었다. 그 정도는 먹어줘야 했다!

두 개 층을 오르내리며 창고에서 물건을 가져다가 가게 선반에 채우는 것이 기본적으로 내가 바디숍에서 하는 일이다.

사람들이 카밀레 샴푸 좀 그만 사면 좋겠다. 열 번이나 그 샴푸를 가지러 창고에 갔다 와야 했다! 바디숍은 종일 북적인다. 같이 일하는 사람들은 다들 괜찮지만 일을 멈출 수가 없고 지루하기까지 하다. 뭐, 엄마 말이 맞긴 하다. 미치도록 지루하다. 손님들은 퉁명스럽게 굴면서 사람을 똥처럼 취급한다.

크루얼티 프리(동물 실험을 거치지 않고 개발된 화장품 - 옮긴이) 마스카라가 아니면 안 된다고 목숨이라도 걸린 듯이 구는 여자들아, 나도 A레벨 세 과목을 통과한 사람이야! 내가 멍청이라도 된다는 듯이 일일이 설명해줄 필요 없어. 화장품을 만드는 과정 중에 토끼들을 다치게 하지 않는다고 하니 다행이지만, 인간에게는 왜 이렇게 잔인하게 굴어! 바디숍에 승강기 좀 설치해! 토끼라면 상품을 가지러 계단을 폴짝폴짝 뛰어 올라가는 게 쉬운 일이겠지만 난 아니야.

계단을 너무 오르내렸더니 등을 다친 것 같기도 하다.

1990년 11월 13일 화요일
그놈의 립밤

🔔 밤 10시 12분

오늘 바디숍에서 키위향 립밤 때문에 난리가 났다. 나, 그리고 함께 일하는 마리아는 키위향 립밤을 재빨리 판매대에 채워놓지 않았다는 이유로 야단을 맞았는데, 마마토토 화장품이 빠르게 소진되고 있었고 매장 안에는 임신부들이 잔뜩이었다. 결국 우리는 임신선용 크림을 우선적으로 비치하기로 결정했다.

엄마가 요즘 어떠냐고 물었다. 나는 "끝내줘요!"라고 대답했지만 거짓말이었다. 머릿속이 어지럽다. 립밤 따위를 왜 바르는지 모르겠다. 침으로 입술을 적시면 되지! 과일향이 나지는 않아도 촉촉하게 적셔는 준다.

제프리 하우 외무장관이 크리켓 경기를 들먹이면서 괴상한 연설을 했다. 대처 수상이 남의 말은 귓등으로도 안 듣는 독재자라는 취지의 연설이었다. 아니, 그걸 이제 알았나요?

대처 수상이 피터버러 주민들의 온갖 요구에 대처하며 얼마나 더 오래 버틸지 두고 보는 중이다. 내 몸에서 퍼지 피치 화장품 냄새가 계속 난다. 이 과일향을 덮어버리려고 맥도널드에 또 갔다 왔다.

1990년 11월 16일 금요일
거짓말

🔔 *밤 10시 35분*

바디숍에 사직서를 냈다. 바디숍 매니저는 진짜 좋은 사람이었다. 그녀는 "너랑 일하는 게 정말 좋은데 어쩌니"라고 말했다. 나는 여기보다 좋은 일자리, 즉 고기를 포장하는 일을 하게 됐다고 (거짓말!) 그 일을 하는 게 정말 즐거워서 유감스럽게도 여길 그만두게 됐다고 (거짓말!) 답했다. 이제 엄마한테는 뭐라고 말한담.

내가 너였으면

🔔 밤 9시 12분

핀에게,

내가 너였으면 좋겠어. 넌 성격 좋고 잘생겼지만 본인이 그렇다는 걸 의식 안 해. 거지 같은 일을 하면서도 그만두지 않고 잘 붙어 있지. 여행도 하고 스스로 길을 잘 닦아나가고 있어.

변하지 말아줘. 나랑 엮이면 다 망가져버리는 걸 알지만, 그래도 네가 어느 곳에 가든 변치 않기를 바랄게. 네 안에 응어리진 걸 풀어줄 필요는 있겠지만 그걸 파괴하거나 개소리로 덮어버리지는 마. 넌 특별하고 남다른 사람이니까. 네 안에 황금처럼 귀한 가치가 담겨 있는데 그걸 망치지 말란 말이야. 네가 럭비를 기막히게 잘한다는 거 알지만 너랑 같이 운동하는 그저 그런 놈들처럼 되지는 마. 술 마시면서 엉덩이에 대고 더러운 장난치지 말고. 네 엉덩이는 그런 식으로 망쳐버리기엔 너무나 소중하니까.

이 편지 역시 나는 부치지 않을 것이다. 이 편지에는 전보다 더 많은 감정이 담겨 있다. 이대로 접어서 매트리스 밑에 넣을란다.

대처 수상의 사임

🔔 오전 10시 43분

대박. 대처 수상이 사임했다. 대처가 꺼져준 거다! 나는 이 소식을 모트에게 알리려고 공중전화 박스로 달려갔다. (요즘 모트는 자기 아빠의 공장에서 일하고 있음.) 대처가 물러나는 꼴을 보려고 내가 바디숍을 그만둔 것 같기도 하다. 대처가 꺼졌다! 나름 친구라고 여겼던 사람들에게 뒤통수를 맞은 거다. 크리켓 경기를 비유로 들어가며 엿 같은 연설을 했던 제프리 하우는 이번에 제대로 대처를 날려 보냈다. 슈웅!

흥분이 가라앉질 않네. 대처가 물러나다니! 늘 그 자리에 버티고 있을 것만 같던 여자인데.

🔔 오후 4시 13분

대처의 사임 건으로 여전히 흥분이 가라앉질 않는다. 대처는 예쁜 집으로 돌아가 여행도 하고 골프도 치면서, 자리에서 물러난 여느 수상들처럼 살 것이다.

나도 나중에 대처처럼 자리에서 물러나고 싶다.

물론 그렇게 되긴 어려울 거다. 대처는 모든 권력을 쥐고 있던 여자다. 원하면 언제든 세계 각국의 지도자들에게 전화를 걸 수 있었다. 지금은 피자를 시켜 먹으려고 전화를 하면,

주문자가 대처라는 걸 안 사람들이 그 피자에 침을 뱉어주겠
지만.

나는 왜 대처가 안됐다고 생각하는 걸까? 대처는 모든 걸
망쳐놓고도 눈썹 하나 까딱하지 않았다. 〈스매시 히츠〉 잡지
에서 대처는 가수 클리프 리처드를 좋아한다고 했다. 불쌍한
여자 같으니라고. 내 머릿속을 정리 좀 해야겠다. 약을 더 먹
든지.

1990년 11월 27일 화요일
새로운 일자리

🔔 *밤 11시 23분*

저녁에 텍스가 일하는 펍에 갔다. 정신없이 바쁜 텍스가 도
와줄 수 있냐고 물었고, 난 당연히 좋다고 했다. 가능할 뿐 아
니라 그 일을 무지하게 잘한다. 돈 계산도 잘한다! 중등교육
따위 엿이나 먹으라고 해. 사회에 나오면 수학 시간에 배운 분
수니 미적분이니 하는 거 다 쓸모없다. 어쨌든 텍스가 내일부
터 일할 수 있겠냐고 물어서, 좋다고 대답했다!!

1990년 11월 28일 수요일
충고

🔔 *오후 5시 45분*

오늘 저녁부터 펍에서 일하기로 했다고 엄마한테 말했다. 엄마는 '네 아빠랑 똑같구나'라고 내뱉었다. 격려해줘서 고맙네요. 그런데요, 엄마, 생각해봐요. 모로코 출신 보디빌더를 좋아해서 그 사람 문신을 엉덩이에 새긴 엄마, 펍에서 일하며 사람들과 어울리고 엠티비(MTV) 시청을 좋아하는 나. 둘 중 누가 더 정상적일까요?!

1990년 11월 29일 목요일
펍 주인이 될까

🔔 *오후 5시 34분*

어제 둔탱이한테서 편지를 받았다. 요즘은 진짜 삶을 살고 있는 좋은 친구들한테서 편지 받는 낙으로 살고 있다.

불규칙적인 근무이긴 하지만 펍에서 일자리도 얻었고, 일도 마음에 든다. 재미있는 일을 하면서 엄마를 열 받게 만들 수가 있다. 그런데 문득 펍 주인이 되면 잘할 것 같다는 생각이 든다. 드라마 〈코로네이션 스트리트〉의 벳 린치처럼. 그 여

자가 늘 입고 다니는 표범 무늬 재킷은 빼고. 흠, 나라고 표범
무늬 재킷에 미니스커트를 입지 못할 이유는 없잖아? 왜 안
돼? 나도 여잔데.

그런데 정말 그런 종류의 여자가 되고 싶은 걸까? 나는 귀
고리만 해도 멍청해 보이는 인상이잖아.

12월

December

1990년 12월 1일 토요일
상관 마

🔔 *새벽 12시 22분*

11월은 시작부터 엿 같더니 끝날 때도 사람 기분 더럽게 만들었다!

펍에서 그럭저럭 기분 좋게 일하고 있는데, 잘난 사립학교 남학생놈이 날 계속 뚱뚱하다고 놀려댔다. "어우, 저 배 좀 봐!" "카운터 뒤에서 움직일 수나 있겠어?" "좀 더 널찍한 펍에서 일하는 게 낫잖아?"라고 지껄여댔다. 재수 없는 새끼. 등신 같은 놈. 이 일기에다 언급할 가치도 없는 똥 같은 놈이다. 아무짝에도 쓸모없는 놈!

1990년 12월 2일 일요일
너는 언제나 인기녀

🔔 *새벽 1시 4분*

펍에 일하러 갔다. 프래글의 남친이 일을 도와줘서 나는 둔탱이와 밤새 수다를 떨 수 있었다. 다정한 둔탱이, 그동안 보고 싶었어. 나는 바 뒤에서 일을 좀 하기도 했다. 핀의 여친은 다른 남자와 사귀고 있고 핀도 리즈 시에서 누군가와 사귀고 있는 듯하다. 핀의 여친이 사귀는 놈이 나는 싫다. 예쁘장하고 허약해 보이는 놈이다. 조시 윌러튼이라는 녀석도 핀의 여친을 마음에 담아두고 있다. 나와 사랑에 빠지길 바랐던 남자들이 줄줄이 그녀에게 빠져드는구나.

1990년 12월 10일 월요일
생일 소원

🔔 **오전 10시 24분**

엄마가 말했다. "네 생일에 뭘 받고 싶니? 그건 그렇고 크리스마스를 함께 지내려고 내일 아드난이 돌아올 거야."

1) 뚱녀 레이의 생일을 축하해요!

2) 세계평화를 선물로 받고 싶네요, 엄마!

3) 핀도 선물로 줘요. 전쟁이 임박해오고 있는데 급하게 섹스를 하고 싶진 않으니 여유롭게 그를 내게 데려다줘요.

4) 헐 대학교에서 나를 입학시켜주기를. 아니면 입학을 거절하든지. 계속 이렇게 뜸 들이지 말고 어느 쪽이든 결정 나게 해줘요. 왜 전화해서 안 물어보냐고요? 첫째, 전화를 하면 입학사정관을 성가시게 만들 수 있어요. 둘째, 아직 나를 입학시킬지 결정을 안 내렸는데 내가 전화해서 재촉하면 짜증이 솟구쳐서 거절해버릴지

도 몰라요. 셋째, 전화하면 다 끝장날 거라고 내 머리가 말하고 있어요.

그래서 나는 엄마한테 돈이나 좀 달라고 했다. 돈이 있으면 펍에 더 오래 가 있고 집에는 덜 있을 수 있으니까.

1990년 12월 11일 화요일
선물 센스

🔔 오후 5시 12분

돌아온 걸 환영해요, 아드난. 엄마는 완전히 신이 났다. 그는 은고리에 가죽 신발 모양 장식이 붙어 있는 열쇠고리를 내게 주었다. 지금까지 엄마가 사준 어떤 물건보다 훨씬 마음에 들었다. 그래서인지 아드난이 바닐라 아이스의 〈아이스 아이스 베이비Ice Ice Baby〉를 자기 마음대로 불러대는데도 거슬리지가 않고, 내가 지금까지 본 중에서 제일 재미난 모습 중 하나로 보였다.

1990년 12월 13일 목요일
감동이야

🔔 **오전 10시 30분**

난데없이 튀긴 소시지가 우리 집을 찾아왔다!! 학기 중은 아니라도 지금 거주지가 세인트 올번스인데 여기까지 나를 만나러 왔다는 건 정말 대단한 거였다. 그는 내 생일을 기념해 같이 놀기 위해 자기 엄마 차를 얻어 타고 왔다. 멍청하지만 이렇게 상냥한 면도 있는 녀석이다. 우린 이따가 같이 펍에 갈 거다!

1990년 12월 14일 금요일
아랍풍 찬송가

🔔 **오전 9시 28분**

내 생일날 어땠는지 궁금할 거다. 진짜 재미있었다. 우린 펍에 갔다가 올리버스 나이트클럽으로 넘어갔다. 나는 술에 너무 취해서 넘어지기도 했다. 오늘 아침에 눈을 떴더니 죽을 것처럼 몸이 힘들었다. 속도 너무 안 좋고. 토스트가 꼴 보기 싫을 정도니 얼마나 안 좋은 상태인지 짐작이 될 거다.

어젯밤에 핀은 오지 않았다. 이제 핀에게 스탬퍼드나 나는 그다지 중요한 곳이 아닌가 보다. 현실을 직시하자, 레이.

아뇨, 아드난. 클리프 리처드의 〈구세주의 날Saviour's Day〉을 아랍풍으로 부르지 좀 말아요. 당장 내려가서 아드난에게 알려줘야 하나. 그건 이슬람 기준으로 별 볼일 없는 예언자 예수가 아닌 그리스도교 기준으로 위대한 예언자인 예수 노래라고요. 무슬림들은 클리프 리처드를 어떻게 생각할까? 클리프 리처드가 예수에 관한 노래를 불렀어도 우리처럼 그를 좋아할지도 모른다는 생각이 문득 드네. 하 하 하!!

1990년 12월 16일 일요일
보고 싶다

벌써 몇 주째 핀이 코빼기도 안 보인다. 그는 내게 세상이었다. 지금도 그렇다. 앞으로도 늘 그렇지 싶다. 약시인 내 눈처럼. 치료를 해도 내가 술에 취하거나 피로해지면 다시 도져버린다.

오늘은 문득 다른 생각이 들었다……. 핀을 기다리는 동안 내가 무엇을 놓치고 있을까? 나는 도대체 무엇을 기대하고 있는 걸까? 하룻밤 사이에 변할 수 있는 마음인가? 그렇지는 않을 것 같다. 나는 핀이 무엇을 어떻게 해주길 기대하는 걸까? 핀을 얻고 그와 섹스를 하면 마법처럼 내 모든 문제들이 싹 해결될까? 정말? 정말 그럴까, 레이? 1) 핀과 섹스를 하면 어떤 기분일지 알고 싶고, 2) 물건들을 정해진 횟수대로 만지고 기도를 하면 핀이 내 곁을 절대 떠나지 않고 나를 영원히 사랑해 줄 것 같아서 온종일 핀만 생각하고 있는 거니? 네가 쓴 글을 다시 읽어볼래? 진짜 한심하다. 아무리 내가 정신이 나갔지만, 생각만 죽어라고 한다고 이뤄지진 않는다는 걸 안다.

하지만 핀은 그만한 가치가 있다. 그는 안팎으로 아름답다. 내 인생의 시작점이 되어줄 것이다. 핀만 있으면 이 똥 같은 인생을 한 방에 깨끗하게 정리할 수 있을 거다.

1990년 12월 22일 토요일
그래도 만나자

🔔 오후 1시 8분

동네에 나갔다가 둔탱이를 만났다. 핀도 오늘 저녁에 펍에 올 것 같단다!! 젠장!! 왜 나는 여태 57킬로그램까지 몸무게를 줄이지 못한 거지? 64킬로그램까지라도 줄이지 그랬어. 그 정도만 해도 효과가 있을 텐데. 망할 감자칩은 왜 계속 먹어댄 거야?! 내 몸뚱어리는 아직도 애벌레 상태를 벗어나지 못했다. 망했다!! 그래도 핀을 봐야 한다. 내 우울한 인생에서 그나마 기쁨을 주는 사람이니까. 난 그가 필요하다.

1990년 12월 23일 일요일
군중 속의 고독

🔔 *새벽 3시 25분*

펍에 갔다. 핀을 만나는 게 두려웠다. 설레면서도 겁이 났다. 가서 보니 그는 여친과 함께 앉아 있었는데 나를 못 본 체했다. 나는 술을 한 잔 마시다가 풀이 죽고 짜증이 나서 펍을 나와 목초지로 갔다. 버드나무에 기대어 마음을 달래고 싶었다. 가끔은 군중 속에서 견디기가 힘이 든다. 그런데 어떤 멍청이가 헤엄치는 시늉을 하면서 내 쪽으로 다가오고 있었다. 가만히 보니 핀이었다! 그는 나를 확 끌어안고는 아까는 '여친하고 말다툼을 하느라' 인사를 못해서 미안하다고 했다. 요즘 어떻게 지내냐고 묻기에 온통 개판으로 꼬이고 있다고 대답했다. 그러자 그가 말했다. "다 잘될 거야." 그가 나를 믿어줘서 기쁘다. 나는 나를 믿어본 적이 없는데. 우리는 한참 얘기를 나누다가 다시 볼츠 펍으로 돌아갔다. 핀이 나더러 좀 더 있다가 가라고 했지만, 엄마가 내일 아침 일찍 모리슨즈 슈퍼마켓에 같이 가서 크리스마스 요리에 쓸 새우를 사와야 한다고 해서 그만 집으로 가봐야 했다. 남편으로 삼고 싶은 남자와 멋진 시간을 보내고 있던 참인데 해산물이 방해하는구나. 왕 짜증. 망할 놈의 새우 칵테일. 칵! 그냥.

1990년 12월 24일 월요일
무조건 입학 허가

🔔 **오전 7시 1분**

네, 엄마, 나 일어났어요. 네, 엄마, 망할 새우 사러 갈 거예요. 네, 집에 오자마자 냉장고에 넣어놓을게요. 네, 퀄리티 스트릿 초콜릿은 내일까지 안 먹을 거예요. (거짓말이 들키지 않기를 빌며 등 뒤에 대고 몰래 손가락 두 개를 교차시키면서 결심한다. 집에 오자마자 하나 먹어야지. 심부름 값이다.)

🔔 **오전 11시 45분**

이럴 수가!

헐 대학교에서 무조건 입학 허가를 받았다!!!

새우를 사가지고 집에 오니까 우편물이 와 있었다! 에드윈 호킨스 싱어스의 노랫말처럼 〈오 행복한 날Oh Happy Day〉이다!!!!!

대박!! 크리스마스 선물을 이렇게 받다니!!

역시 이럴 운명이었던 거야. 좀 소름 돋기도 한다. 미쳤어. 크리스마스이브에 이런 깜짝 선물이라니!! 역시 내가 맞았다. 이제부터는 내 머리가 하는 말에 좀 더 귀를 기울여야겠다. 나는 항상 온갖 주제로 혼잣말을 하는데, 이번에는 내가 했던 말이 맞아떨어졌다. 어쩌면 나는 앞으로 일어날 일을 미리 아는, 그런 괴상한 본능을 갖고 있는지도 모른다. 이 본능이 무어라고 지시하든 따라야 한다. 하지만 다른 생각들과 뒤섞여, 마치 내가 신에게 말을 할 수 있고 신이 무언가를 하지 못하게 막을 수 있다고 여기게 한다. 이런 이상한 생각들만 분리해낼 수 있다면 좋을 텐데. 가능할 수도…… 있다. 어쩌면.

뭐가 됐든, 좋은 시작이 될 것 같은 느낌이다. 완전 똥멍청이의 느낌은 아니다.

1990년 12월 25일 화요일
영화 〈이티〉

🔔 *오후 6시 20분*

텔레비전에서 최초로 〈이티〉 영화를 방영해줬다! 전에 해적판 비디오로 봤을 때보다 훨씬 더 화질이 좋았고, 영화가 끝날 무렵엔 감성이라곤 메마른 엄마까지 울 정도로 대단했다! 하!! 아드난은 울지 않았지만 집으로 전화를 거는 이티 흉내를 냈다. 내가 본 중 최악이면서도 제일 웃기는 모습이었다. 키가 183센티미터나 되는 보디빌더가 무릎을 굽히고 손가락을 하늘로 뻗치며 '집으로 전화!'라고 말하는 장면을 상상해봐, 일기야.

1990년 12월 30일 일요일
앞으로 나가다

🔔 *밤 9시 35분*

저녁 때 모트에게 전화를 했다. 모트는 남아프리카공화국으로 여행을 갈 거라고 했다. 아, 벌써부터 모트가 그립다. 다리가 잘려나가는 기분이다. 공중전화 박스에서 모트에게 전화를 걸어 내 머릿속의 온갖 괴상한 생각들을 정리하곤 했는데 이제 그럴 수 없다니 상상조차 할 수 없다. 모트는 항상 나를 진정시켜주었고 도움을 줬다. 내 거지 같은 하루하루를 구원해줬다. 모트가 변변한 통신수단도 없는 나라에 가 있는 동안 난 어떻게 살아가지?! 남아프리카공화국은 불과 얼마 전에 넬슨 만델라를 석방시킨 나라다. 사실, 그 나라 사람들은 제대로 된 공중전화 체계를 갖추는 것보다 신경 써야 할 중요한 일들이 더 많을지도 모른다. 하지만…….

남아프리카공화국의 데 클레르크 대통령님, 인종차별정책을 철폐하면서 공중전화 문제도 좀 해결해주시죠.

나만 빼고 다들 앞으로 나아가고 있다. 그들은 그렇게 할 수 있기 때문이다.

1990년 12월 31일 월요일
정리

🔔 *오후 5시 35분*

가끔 내가 이런 글을 쓰고 있다는 게 믿기지가 않는다. 내가 나인 건 맞는데 말이다. 짧은 팔, 뚱뚱한 몸통, 나사 빠진 머리, 내 것이 될 가능성이 전혀 없는 사람을 사랑하는 마음, 문제가 너무 많다. 괴상한 헛생각을 때려치우고 폭식도 그만둬야 한다. 어른이 되어야 한다. 엄마 생각에 동의하고 싶지는 않지만 엄마 말에도 일리가 있기는 하다. 그리고 핀. 아, 나는 핀을 사랑하지만 그가 내 문제의 해결책은 아니다…… 오히려 보상에 가깝다. 그리고 이제 일기를 계속 쓸 것 같지가 않다. 일기를 쓰다 보면 나쁜 기분, 생각, 추억을 되씹기만 하고 삼켜 버리질 못한다. 일기를 그만 쓰기로 한 기념으로 거창하게 무어라 써볼까. 그런데 둔탱이랑 펍에 가기로 해서 곧 나가봐야 한다. 둔탱이는 봄발루리나인지 봄발라리나인지의 최신 싱글 음반을 샀다. 아무래도 난 생각을 덜하고 행동은 더 많이 하면서, 신규 음반도 더 많이 구입하면서 살아야겠다.

1991년

1월

January

1991년 1월 1일 화요일
또다시 새해 결심

🔔 *오전 8시 57분*

제기랄. 안 쓰려고 했는데 일기를 안 쓰면 완전히 미쳐버릴 것 같다. 내 생각에, 티미 맬럿은 단어 연상 게임을 하면서 말랑말랑한 망치를 쓰는데 그거 말고 진짜 망치를 써야 한다고 본다.

그런데 일기야, 난 이제부터 일기 쓰는 걸 줄일 거야. 생각보다는 행동을 더 많이 하며 살기로 결심했거든. 이 머리와 몸뚱어리를 정리해야만 해. 엄마가 즐겨 쓰는 표현에 따르면 '멍하게 잡생각에나 빠져 있는' 상태로 계속 있어봤자 나한테 도움이 안 돼. 여기다 털어놓는 것도 늘 내게 도움이 되는 건 아니야. 그래도 네가 여기 있는 걸 알고 있고, 네가 내 곁에 있어줘서 고맙게 생각해.

1991년 새 아침이 밝았다! 한 해가 똥 같으면 그다음 해는 괜찮은 해라고 하는 퐁당퐁당 이론에 따르면, 나의 경우 작년이 거의 모든 면에서 총체적인 재앙 수준이었으므로 올해는 반드시 멋진 한 해가 될 것이다.

둔탱이네서 자고 아침 7시 30분에 거기서 걸어 나오는데 아침이 무척 아름답게 느껴졌다. 세상 만물이 새로 태어난 것 같은 기분. 서리 낀 세상은 온통 새것 같아서 내 기분도 덩달아 좋아졌다.

예전에는 이쯤에서 새해 결심을 줄줄이 나열하곤 했지만, 올해는 다르다. 좀 더 간단하지만 핵심을 짚는 식으로 써보려고 한다.

1) 미친 생각 그만하기. 생각 자체를 하지 말기. 자학도 그만하기. 방법은 모르겠음.

2) 체중 감량하기. 체중 감량 중이라는 말은 아무한테도 하지 말기. 그냥 조용히 실천하기. 그래야 a) 섹스를 할 수 있고, b) 서른두 살쯤에 독성 장내 세균 과다로 죽지 않을 수 있으니까.

3) 죽을 것처럼 스트레스 받지 않고 스탬퍼드를 벗어날 방법을 어떻게든 찾아내기.

4) 피해망상적인 생각 그만두기. '나하고 있으니까 너도 기분이 안 좋아지니?' 같은 똥 같은 생각 때려치우기. 나랑 얘기하기 전엔 기분이 괜찮았는데, 내게 자기연민에 빠진 개소리를 듣고 나면 당연히 기분이 안 좋아지겠지.

5) 헐 대학교에 다니게 되면 좋은 시간을 보내면서 최대한 즐기기.

6) 위기가 닥쳐와 끔찍한 기분에 휩싸여도 잘 해결해나가기.

7) 정신병동으로 돌아가는 일 없게 하기. 두 번째 입원하게 되면 다시는 못 나올지도 모름.

상당히 일반적인 결심들인데 이것만 잘해내면 난 떠날 수 있다.

나이를 먹어갈수록, 어떻게든 되겠지 하는 케세라세라에
더 의지하면서 운명을 더 믿게 된다.

1991년 1월 2일 수요일
내 마음

🔔 *오후 5시 40분*

어떻게 해야 인생이 나아질까. 떠날까, 머무를까, 변할까,
똑같은 상태로 머무를까. 모르겠다.

나는 핀이 여친을 여전히 사랑한다는 것을 알고 있다. 둔탱
이가 무화과를 여전히 사랑한다는 것도 안다. 1974년 크리스
마스 영국 싱글 음반 차트 1위곡이 머드의 〈이번 크리스마스는
외로워Lonely This Christmas〉라는 것까지도 알지만, 정작 내가 누
구이고 무엇을 원하는지 내가 행복한지 아닌지는 알지 못한다.

한껏 포옹을 받으면서 캐러멜 초코바를 먹고 싶다.

1991년 1월 6일 일요일
안녕? 안녕!

🔔 *새벽 12시 34분*

펍에서 일하다가 방금 집에 돌아왔다. 아, 오늘도 굉장한 날이었다! 요즘 텍스와 나는 서로를 보스틱(접착제 전문회사 – 옮긴이) 자매라고 부르고 있다. 주방과 바 사이의 살롱도어에 툭 하면 같이 몸이 끼어버리곤 해서다. 오늘 엠티비에서는 오래된 라이브 쇼인 〈새터데이 나이트 라이브〉가 방영됐는데 빌 머레이, 댄 애크로이드, 존 벨루시 등 화려한 출연진을 자랑했다. 텍스는 나더러 엠티비 진행자인 스티브 블레임에게 홀딱 반한 거 아니냐고 했다. 그런 거 아니거든!

손님들한테 술을 내주고 있는데 핀이 들어왔다. 술 한잔 마시러 왔다고 했지만 작별인사를 하러 온 것임을 나는 알 수 있었다. 우린 폴 매카트니에 대한 잡담이 아니라, 사랑스러운 튀긴 소시지와 둔탱이, 무화과에 관해 얘기를 나누었고, 바를 사이에 두고 불편하게 포옹을 했다. 그를 보내고 싶지 않았다. 물론 내 마음은 그를 보내지 않았다. 영원히 그럴 것이다. 그는 체취도 정말 좋다. 느낌도 좋다. 아 정말 좋다. 그는 생명 그 자체다! 남자다! 절대 놓아버리고 싶지 않은 존재다. 하지만 나는 포옹을 풀었고, 그는 떠났다. 그 후 나는 누군가에게 아처스 술과 레모네이드를 내줬다. 다른 손님에게 복숭아 맛이 나는

똥 같은 술을 내주느라고, 정작 세상에서 제일 소중한 남자를
내 품에서 놓아버리고 말았다.

1991년 1월 13일 일요일
냉철한 여자

🔔 새벽 12시 9분

어제 저녁에 펍에서 재미있는 소동이 있었다. 남자들이 여
자들처럼 치졸하게 싸워댄 것이다. 나는 그 사이로 끼어들어
가 싸움을 말렸다. 텍스는 그런 내 모습이 무척 멋졌다고 했다.
남자들이 나를 때리지 않으리라는 걸 알기에 가능했던 행동이
었다. 나는 그들이 여자에게 주먹질을 하지 않으리라는 걸 느
낌으로 알았다. 일종의 본능이었다.

🔔 밤 9시 22분

핀이 걸프만으로 가고 싶어 한다. 핀이 여친에게 자길 말릴
수 있는 유일한 사람은 너라고 했단다. 나는 핀이 군대에 소속
되어 있지 않기 때문에 용병으로 참전하지 않는 이상 걸프만
에서 한몫을 할 수는 없을 거라고 지적해줬다. 내가 싱글인 이
유가 바로 이래서다. 남자들이 개똥 같은 소릴 지껄일 때 현실
을 직시하게 해준다. 핀도 개똥 같은 소릴 지껄이고 있다. 그가

걸프만에서 뭘 할 수 있겠어?! 군사 훈련도 제대로 받은 적 없고, 그가 갖고 있는 군복은 군대에서 지급 받은 게 아니라 의류회사인 버튼 사에서 만든 것인데.

1991년 1월 14일 월요일
걸프 전쟁

🔔 오전 11시 38분

내가 펍에서 일하다가 싸움을 중단시켰다는 걸 엄마가 알게 됐다. 도대체 누가 엄마한테 고해바친 거지?! 엄마는 화를 낸 정도가 아니라 아주 길길이 날뛰었다. "그러다가 죽을 수도 있어"라는 것이 그 이유였다. 엄마 여긴 스탬퍼드지 뉴욕이 아니라고요! 하지만 엄마는 "몇 년 전 스탬퍼드의 리버사이드 축제 때 살해당한 사람이 있었잖아!"라고 소리쳤다. 그래도 나는 사람들과 주변 상황에 대해 위험도를 감지하는 본능 같은 게 있고, 싸움을 말릴 당시에는 아무 일 없으리란 느낌이 들어서 그렇게 했던 거라고 말했다. 그러자 엄마가 받아쳤다. "레이첼, 넌 다리미를 확인하고 문을 두드리는 식으로 쿠웨이트 전쟁을 통제할 수 있다고 믿잖아."

뭐, 그럴 수 있을지도 모른다는 거죠!

아뇨, 의사에게 진찰 받으러 가고 싶지 않아요. 나는 말을 덜하고 행동을 더 많이 해야 한다고요.

🔔 *밤 11시 28분*

왜 어떤 남자들은 (이런 경우 항상 남자들임) 늘 일을 개판으로 만들어버릴까?

조만간 걸프만에서 전쟁이 일어날 모양이다. 그것도 큰 전쟁. 다행히 나는 지금 집에서 살고 있다. 내가 에식스를 떠날 수밖에 없었던 게 이 사태 때문인 것 같기도 하다. 전쟁이 터져 상황이 아주 나빠졌을 때 엄마와 함께 있기 위해서. 내 머릿속의 목소리가 그렇게 말한다.

1991년 1월 17일 목요일
통조림

🔔 *새벽 12시 3분*

라디오로 블랙박스의 메가믹스(노래 메들리와 리믹스를 같이 한 형태 - 옮긴이)를 듣고 있는데 노래가 중간쯤에서 끊기더니 전쟁 발발을 알리는 소식이 흘러나왔다. 핵전쟁 이후를 그린 드라마 〈쓰레즈〉에서도 모든 재앙은 이라크 침공에서부터 시작된다.

전쟁. 우리는 무엇을 위해 싸우는 걸까? 양대 세력 리더들의 싸움일 뿐, 쿠웨이트에 대해서는 아무도 신경 쓰지 않는다. 젠장. 석유를 뭐 어쩌라고. 최고급 석유를 얻기 위해 죽고 싶지 않다! 협약이고 나발이고 난 모른다! 그런 전쟁은 모두에게 종말일 뿐이다. 문명은 무너지고 우리는 다시 원시 시대처럼 살아가야 한다.

〈쓰레즈〉의 시작은 이란이었다. 중동이 언제나 문제다. 이제 러시아인들은 우리와 친구가 되었다. 일단 마음을 좀 가라앉히자.

엄마는 통조림을 사재기하지 않고 있다. 평소보다 더 사지 않는다는 뜻이다. 핵전쟁으로 세상이 멸망한 후 살아남아서 모리슨즈의 통조림 연어를 먹으며 죽을 때까지 살고 싶지 않다.

정말이지 그런 삶은 싫다.

안 그래도 이 집은 아무도 먹지 않는 통조림들로 넘쳐난다.

1991년 1월 18일 금요일
전쟁의 서막

🔔 **밤 11시 30분**

전쟁이다. 핵전쟁이 죽을 만큼 무섭다. 이번 사태는 내가 어떻게 하느냐에 달려 있다. 내 정신력의 문제다. 이 세상을 날려버리고 싶지 않다는 내 뜻을 신에게 전해야만 한다. 이 소망을 글로 써버리면 제대로 이뤄지지 않을 텐데, 왜 나는 글쓰기를 멈추지 못하는 걸까?

아, 멈출 수가 없다. 산책이나 나가야겠다. 언론인 데이비드 딤블비가 이 전쟁에 대해 이런저런 예상을 내놓는데 듣기도 싫다.

1991년 1월 20일 일요일
책 펼치기 점

🔔 오후 2시 14분

《영국 히트 싱글편》이라는 책으로 점을 쳐보았다. 나는 오랫동안 이 방법으로 점을 쳐왔는데, 책에 대고 질문을 한 후 아무 페이지나 잡고 펼쳐 손가락을 갖다 대는 식이다. 우선 헐 대학교에 관해 물어보았다. 내가 헐 대학교를 그만두지 않고 끝까지 다닐 수 있을까?

휘트니 휴스턴의 〈내가 어떻게 알까요How Will I Know〉가 적힌 페이지가 펼쳐졌다.

내가 이 망할 점을 또 치나 봐라!

1991년 1월 27일 일요일
사담 후세인의 철수

🔔 *저녁 6시 9분*

사담 후세인이 쿠웨이트에서 부대를 철수시키고 있다. 정말 잘된 일이지만, 딤블비가 사람들에게 전쟁에 대한 불안감을 조성하는 발언을 그만두고 하던 일로 돌아갈 수 있게 돼서 특히 더 다행이다.

2월

February))

1991년 2월 1일 금요일
차별 없애기

🔔 *밤 9시 35분*

아드난이 내일 또 모로코로 돌아간다. 돌아가지 않으면 안 되는 상황이다. 정말 웃기는 게, 그가 모로코로 안 돌아가면 영국 이민법을 어기는 게 된단다. 엄마는 이 일 때문에 크로이든 시에 있는 루나 하우스라는 곳에 찾아가기로 했다. 루나 하우스는 영국 이민국 본부가 있는 건물이다. 이 정도면 누군가를 사랑한다는 증거로 충분하다고 본다. 진짜 사랑하는 게 아니라면 누가 미쳤다고 크로이든까지 가냔 말이다. 내가 봐도 진짜 사랑인지 딱 알겠다!

아무리 생각해도 이건 인종차별이다. 아드난이 미국 출신이면 이민국이 과연 이 난리를 칠까? 아닐 거다! 대처는 남아프리카공화국에서 아파르트헤이트(남아프리카공화국의 극단적인 인종차별정책과 그 제도 - 옮긴이)를 시행하는 동안 케이프타운에서 생산되는 사과를 줄곧 수입했었다. 영국 정부에 흑인들이 얼마나 많이 일하고 있는지 나는 모르겠다. 사실, 나는 흑인들하고는 거의 안면도 없다.

망할! 혹시 나도 은근히 인종차별주의자인 걸까? 내가 살고 있는 이 링컨셔 주는 1952년 영국 분위기가 물씬 풍기는 곳이고, 흑인은 여간해선 눈에 띄지 않는다. 흑인이라곤 아드난뿐이다. 우리가 닭 뼈 테러를 당한 것도 그래서일 거다.

1991년 2월 3일 일요일
이제 와서 집 전화를?

🔔 *저녁 7시 35분*

도저히 믿기지 않는 일이 일어났다. 방금 전 엄마와 나눈 대화다.

엄마 내일 종일 집에 좀 있어.

나 *왜요?*

엄마 브리티시 텔레콤 사람이 와서 우리 집에 전화를 설치할 거야.

나 *뭐를 설치해요?*

엄마 집 전화를 설치한다고. 너도 요즘 전화기가 필요할 거고, 나도 아드난한테 전화를 받아야 하니까.

나 *학교 다니는 내내 집에 전화 좀 놓자고 해도 돈이 없어서 안 된 다더니, 아드난하고 통화를 해야 하니까 설치한다고요?!*

엄마 이민국에도 전화를 해야 해.

화가 나서 자리를 박차고 나갔다. 어떻게 이럴 수가 있지! 집에 전화기가 없어 얼어붙게 추운 겨울에 공중전화 박스에서 전화를 하느라 폐렴에 걸릴 뻔했고, 전화 통화가 자유롭지 않아 친구들한테서 고립되고, 사회생활에 무지하게 지장이 초래됐으며, (안 그래도 뚱뚱한데다 실성까지 했는데) 토요일 아침에 하는 텔레비전 프로그램 〈고잉 라이브〉에 전화를 걸 수 없으니 남친을 사귀는 것도 불가능했다. 그 프로그램에는 청소년 고민 상담 코너가 있는데 전화를 걸면 방송 중에 사회자가 전화번호를 물어본다. 그때 내가 '아뇨, 우리 집엔 전화가 없어요'라고 대답하면 어떻게 될까?

그쪽에선 나를 빈털터리나 이상한 여자로 생각할 테고, 내 목소리를 듣고 나를 사귀고 싶은 마음이 들지도 모를 남자는 저만큼 멀어지겠지.

그런데 지금, 엄마가 외국에 있는 남자와 사랑을 하고 있다는 이유로 우리 집에 전화를 들여놓겠단다.

십대 소녀인 내가 남친한테 전화를 걸어도 모자란데, 내가 아니고 우리 엄마인 거다.

젠장. 아, 어쩌면 엄마가 집 전화에 자물쇠를 채워놓을지도 모르겠다. 내가 좋아하는 사람한테 전화를 마구 걸지 못하게 말이다.

🔔 **밤 10시 45분**

어쨌든 집 전화가 생기게 됐다!!!! 좋았어!!! '빨리 전화 끊고 나와, 돼지 같은 게'라는 폭언을 듣지 않아도 된다. 통화하다가 '지금 20페니밖에 없으니까 나한테 다시 전화해줘'라고 말하지 않아도 된다. '자바더헛처럼 뚱뚱한 년아, 나 지금 보건 사회보장국에 전화를 해야 한다고. 너와는 달리 당장 중요한 문제를 해결해야 하는 사람들이 있어' 같은 말도 안 들어도 된다. 침 세례를 받거나 오줌 냄새를 맡지 않아도 된다! 이제 끝. 끝이다. 드디어 만신창이가 되지 않고 통화를 할 수 있다.

1991년 2월 7일 목요일
다들 떠나고

🔔 *밤 11시 9분*

오늘 저녁은 진짜 우울했다. 텍스가 펍 운영을 그만두고 스위스 제네바에 일종의 유모인 오페어로 가기로 했다. 이 펍은 정말 재미난 곳이었는데. 또 한 사람이 나는 생각도 하지 못할 일을 하러 나를 두고 떠난다.

1991년 2월 12일 화요일
나를 미워한다는 생각

🔔 **밤 11시 55분**

일기야, 며칠 동안 너를 찾지 않고 방치해둬서 미안해. 그런데 말이야, 전부터 나를 괴롭혀오던 그 문제가 또 시작됐어. 정신이 붕괴되고 머릿속이 비이성적인 생각들로 가득해. 시간적, 공간적 여유만 생기면 늘 그런 생각들이 밀려들어와. 늘 똑같아. 내가 세상만사를 제어할 수 있다는 생각, 신이라는 생각, 신이 나를 미워한다는 생각, 불행한 일들이 일어나지 않게 막으려면 자학을 해야만 한다는 생각.

엄마 말이 맞아. 난 일자리를 구해서 일을 해야 해. 그런데 엄마는 팝밴드 '더 케이엘에프'에 대해 잘못 알고 있어. 그래서 엄마 잔소리를 듣고 있기가 가끔은 참 힘이 들어. 엄마는 어떤 부분에 대해서는 완전히 틀린 생각을 갖고 있단 말이지.

1991년 2월 17일 일요일
아프리카 여행

🔔 **오후 5시 45분**

로니가 나를 만나러 왔다. 내년부터 리즈 시에 있는 대학교를 다니게 돼서 내일 그리로 떠난다고 했다. 내일 같이 가줄수 있는지 물어보러 온 것이다. 아프리카 여행을 떠나기 전에 몇 가지 해결해야 할 일들이 있다고 했다. 아프리카 여행이라니! 동쪽에서 서쪽으로 쭉 이동하는 여행이다. 르완다와 에티오피아, 말리 등등을 지나겠지. 종군 여기자 케이트 에이디의 발길이 닿았던 곳들이다. 친구처럼 마음으로 익숙한 곳들. 하지만 지금 나는 멋지고 용감하게 엄마와 나란히 텔레비전 앞에 앉아 망할 〈베르주라크 쇼〉나 보고 있다.

그래, 리즈로 가자. 로니는 상냥한 애야. 그리고 리즈에 가면 핀과 우연히 만날지도 몰라. 대도시라서 만날 수 있을지 없을지는 모르지만.

만나게 되면 무슨 말을 하지?

1991년 2월 18일 월요일
핀이 있는 곳으로

🔔 밤 9시 34분

리즈 시에 왔다. 절대 잊지 못할 만큼 정말 예쁜 도시다! 드라마 〈에머데일 농장〉에서 에이머스가 리즈 시에 대해 언급했는데 이 도시의 아름다움을 손톱만큼도 표현해내지 못했다! 화려한 대형 쇼핑 아케이드까지 갖추고 있어 셰필드 시와는 비교도 할 수 없다.

그리고 핀은 만나지 못했다. 예상은 했다. 나는 핀 레이더를 갖고 있다. 핀이 반경 1.6킬로미터 내에 있으면 느낌으로 안다는 뜻이다. 하지만 그를 만났다고 해도 무슨 말을 할 수 있었을까? 여자 화장실을 빼고 사방을 다 둘러봤지만 그는 코빼기도 보이지 않았다. 그래도 핀이 돌아다니던 이 도시를 볼 수 있어 좋다. 그가 술을 마신 곳, 음식을 먹은 곳, 숨을 쉰 곳이 바로 이곳이니까. 참 처량 맞게 들리긴 하네.

1991년 2월 23일 토요일
내 곁을 떠난다

🔔 **밤 11시 50분**

로니가 아프리카 여행을 떠나기 전 마지막 토요일이다! 우린 함께 즐거운 시간을 보냈다. 나는 로니를 위해 큼직한 카드도 만들어 가져왔다. 그 카드를 만드느라 시간이 엄청 많이 들었다! 로니는 카드를 받고 무척 좋아하면서도 이렇게 말했다. "막상 떠나려니까 떨려." 내가 말했다. "넌 거기서 기가 막히게 좋은 시간을 보내게 될 거야. 아주 강한 여자니까 잘해낼 수 있어."

빈말이 아니라 사실이다.

또 한 사람이 내 곁을 떠난다. 이제 거의 모두가 떠난 셈이다. 이 동네에 남은 건 나와 핀의 여친뿐인데, 나는 탱탱 놀고 있는 반면 핀의 여친은 일을 하고 있다!

왜 나는 남들에게 내가 가치 있는 사람이라는 걸 말하지 못할까? 왜 지나가던 개는 내 다리에 오줌을 싸서 나를 열 받게 만드는 걸까? 존재감이 없기 때문일 거다. 정신과 의사는 나더러 거울을 들여다보면서 '나는 아름답고 좋은 사람이다'라는 말을 하라고 시켰는데, 막상 거울을 보면 나 자신이 등신처럼 느껴질 뿐이다. 그들은 나를 성추행한 남자가 의자에 앉아 있다고 가정하고 그 남자에게 내가 얼마나 화가 났는지 얘기하라고도 시켰다. 그렇게 해봤자 무슨 소용 있어?! 생각하기도 싫은 일일 뿐이다. 그 일을 떠올리면 내 몸에 불을 지르고 마구 때리고 싶다. 정신과 의사들은 내게 그런 처방을 하면서 자기네가 무슨 짓을 하는지 알기나 할까? 얼마나 어려운 걸 시키는지 알까? 그 일은 이미 일어났고, 되돌릴 수 없다. 이런 상황에서 최고의 치료법은 뭘까? 그 더러운 악마의 성기를 미친 듯이 주먹으로 치는 거다! 하지만 막상 그랬다간 경찰들이 좋게 봐주지 않을 거다. 그놈이 어디 사는지도 나는 모른다. 놈을 찾아서 패면 후련할지도 모르겠다. 나 말고도 그놈을 팰 사람은 줄 서 있다. 엄마, 아빠, 우리 오빠까지.

하지만 아무리 놈을 때려도 없었던 일로 만들 수는 없다. 잠깐 속 시원했다가 허무가 밀려들겠지. 폭식과 마찬가지다.

초콜릿을 실컷 먹고 나면 포장지만 남는다.

당장 뭐든 해야겠다.

정신과 의사들은 내 정신을 고쳐놓지 못했고 앞으로도 못 고칠 거다.

젠장. 다이어트나 시작해야지.

1991년 2월 24일 일요일
적의 다이어트

🔔 오전 10시 45분

다이어트는 내일부터 시작이다. 한 주의 시작이 월요일이니 다이어트 시작 날도 월요일이어야지!

엄마한테만 말하고 아무한테도 말 안 할 거다. 내가 알기로 여자들은 다른 여자들의 다이어트를 방해하려든다. "그러다 너무 마르겠다!" "지금도 충분히 말랐어!" "살이 빠지니까 네가 하는 얘기가 전처럼 웃기지가 않네." 이런 식으로 말이다. 나보다 예뻐지지 말라는 소리다. 넌 내 경쟁자니까 어쩔 수가 없다. 남몰래 조용히 살을 빼야 한다.

로즈메리 콘리의 신진대사 촉진 다이어트를 할 생각이다. 간단하게 먹는 거다. 일단 내일 시작하기에 앞서 오늘 저녁에 중국 음식을 먹어도 되겠냐고 엄마한테 물어봤다. 로즈메리

콘리 다이어트에서 허락하는 음식 목록에 새콤달콤한 닭튀김,
새우튀김, 짜장 소스를 곁들인 쇠고기 볶음밥은 없을 것 같은
느낌이 들어서다.

1991년 2월 25일 월요일
첫날

오전 8시 23분

다이어트 첫날. 부디 유머감각을 잃지 않기를. 날씬한 여자
들은 덜 웃긴 편인가? 아마 남들을 웃기려고 애쓸 필요가 없
어서일 거다. 그렇다면 나는 날씬하면서도 웃기는 최초의 여
자가 되어보는 거다.

호밀 크래커 네 개, 컵수프, 린 퀴진(저지방 저칼로리 냉동식
품 - 옮긴이)으로 끼니를 때우자. 다이어트 첫날이지만 이 정도
는 할 수 있다고 본다. 〈플래시댄스Flashdance〉를 들으며 걷기
운동도 했다. 영화 〈플래시댄스〉의 주인공 제니퍼 빌즈처럼
날씬해질 수 있다면 더 바랄 게 없다. 레그워머는 신지 않을
거다. 지금은 90년대니까!

3월

March

1991년 3월 2일 토요일
보드카 다이어트

🔔 *오후 12시 35분*

둔탱이가 제 엄마의 마흔 살 생일을 준비하고 있다. 일요일에 나는 둔탱이와 함께 캔터베리 시에 가기로 했다. 정말 큰일인데 1) 여기서 수 킬로미터나 떨어져 있고 2) 거기 가 있는 동안 다이어트를 제대로 할 수 있을지 걱정이 된다. 보드카와 다이어트 콜라를 마셔야겠지. 어쨌든 갈 거다. 보드카가 도움이 될 수도 있다.

1991년 3월 5일 화요일
직감이 와

🔔 *저녁 7시 37분*

엄마가 이민국 사람을 만나기 위해 목요일에 헐 시에 가야 한다고 했다!! 정말 말도 안 되는 상황이지만, 우리 집에서 제일 가까운 이민국 지부가 그곳에 있다. 아드난을 이 나라에 영구적으로 데려오기 위한 일이니만큼 도덕적인 차원에서 내가 지원해줘야 하지 않을까? 그래, 같이 가야겠다. 헐 시에 다시 한 번 가보는 것도 괜찮을 것 같고.

헐 시에 막상 다시 갔는데 옛 같은 곳이라는 인상을 받지 않길 바라고 있다. 에식스 대학교를 뛰쳐나오듯 헐 대학교를 다니다가 또 그만둘 수는 없다. 그러다가는 이 나라의 모든 대학교들을 일주일씩 다니게 될지도 모른다. 일주일 다니다가 때려치우는 정신 나간 투어가 되겠지!

아니, 헐 시는 내 운명이다. 다른 무엇보다도 더 확실하게 그런 느낌이 든다. 핀과 섹스를 하려면 더 날씬해져야 할 필요가 있다든가, 더 스미스가 음반 차트 순위에서 결코 밀리지 않을 거라든가, 아바보다는 비틀즈의 흘러간 노래 목록에 내 감성이 폭발할 거라든가 등과 비슷한 느낌이다. 그래, 나는 안다. 이런 느낌은 내 마음속에서 우러나는 것이다. 정신이상적인 기분이 아니라 내 느낌인 거다.

1991년 3월 7일 목요일
엄마의 내공

🔔 *밤 9시 37분*

엄마가 죽이고 싶을 만큼 미워질 땐 오늘 있었던 일을 기억하며 참도록 하자.

우리는 헐 시에 도착해서 (여전히 마음에 드는 곳이다. 이유는 모르겠지만 헐 시에 오면 집처럼 편안하다.) 이민국 직원을 기다리고 있었다. 이게 진짜 나쁜 말인 줄은 아는데, 그 직원은 정말이지 임산부의 탈리도마이드 복용으로 인해 기형으로 태어난 듯했다. 그런 사람들을 희생자라고 불러야 할까? 모르겠다. 어쨌든 그 사람의 두 손은 어깨에 바로 붙어 있었고 팔이 없었다. 나는 충격을 받았다. 그런데 엄마는 아무렇지 않게 걸어가 어깨에 붙어 있는 그의 손을 잡고 악수를 나눴다. 세상에서 가장 자연스러운 일이라는 듯이. 놀라웠다. 그 직원도 좀 놀랐을 것 같다. 무어라 설명할 수가 없다. 그 직원을 처음 본 사람들 중 99퍼센트가 기겁했을 것 같은데 엄마의 행동은…… 무척 훌륭했다.

직원의 질문에 엄마가 우아한 목소리로 대답을 해서 좀 거슬리긴 했다. 엄마는 우리 아빠에 대해, 게이였던 두 번째 남편에 대해 설명했고, 면담을 마친 후에는 직원과 다시 한 번 악수를 했다.

전철을 타러 걸어가면서 내가 말했다. "엄마, 아까 저 안에서 정말 잘하셨어요." 엄마의 행동은 처세의 교본이었다. 엄마는 쿨하게 말했다. "나는 그냥 사람을 만난 것뿐이야, 레이첼."

어떻게 이기적이고 제멋대로인 사람이 동시에 이토록 훌륭할 수가 있지?

뭐, 히틀러도 자기 개들한테는 상냥했을 거다.

내가 장애인 차별주의자인 건가? 아까 이민국 직원을 만났을 때 내 반응은 지금 생각해도 충격적이었다. BBC 2의 청각

장애인을 위한 프로그램 〈보고 들으며〉와 그 밖에 여러 가지 장애인용 프로그램을 봤는데도 정말 왜 이럴까 싶다.

어쩌면 나는 끔찍한 인간인지도 모른다. 아무리 팔이 없는 사람이라고 해도 외모만으로 평가를 내려버리다니. 사람들도 뚱뚱한 내 모습을 보고 나를 평가한다. 나는 그런 대접을 받아도 싸다. 이런 외모는 내 노력에 따라 바꿀 수가 있다. 내가 이렇게 뚱뚱해진 건 정신 못 차리고 돼지처럼 먹기만 한데다 나약한 멍청이처럼 살아서다. 그 직원이 장애를 갖게 된 건, 태어나기도 전에 의사들과 의료계 종사자들이 저지른 잘못 때문이다. 둘 중 부당한 대우를 받고 있는 사람은 누구일까? 그 사람이지 내가 아니다.

1991년 3월 15일 금요일
다이어트 부작용

🔔 *저녁 7시 13분*

쓸 얘기가 없다. 아프다. 머릿속 문제가 아니라 목이 아프다. 다이어트를 하면서 음식을 덜 먹으니 몸이 감기에 더 취약해지는 것 같다.

1991년 3월 16일 토요일
황소개구리

🔔 **오전 9시 12분**

엄마가 날 보더니 편도선이 부었다고, 병원에 가보라고 했다. 내가 봐도 좀 심하게 붓기는 했다. 이번 주에 핀이 스탬퍼드로 돌아오진 않을 것 같으니 다행이다. 지금 내 몰골은 꼭 황소개구리 같다. 너에게 키스를 받아도 난 공주로 변하지는 않을 거야. 너한테 이 망할 감기 바이러스만 옮겨갈 뿐이지.

1991년 3월 23일 토요일
비밀

🔔 **오전 10시 12분**

몸이 한결 나아졌다.

네, 엄마. 내일 나는 펍에 갈 거예요. 아뇨, 엄마. 술은 안 마셔요. 병원에서 처방 받아 먹은 항생제 효과가 떨어질 테고 무엇보다 나는 지금 다이어트 중이거든요.

나는 세상에서 제일 비밀스런 다이어트를 하고 있다. 내가 최선의 모습이 되기를 바라지 않는 사람들이 내 다이어트를 방해하면서 헛소리를 지껄이지 못하게 하기 위해서다.

증조할아버지와의 대화

오늘 돌아가신 증조할아버지와 삼십 분 정도 얘기를 나눴다. 나는 1차 세계대전은 정말 끔찍한 일이었을 거라고, 이런 요청을 하게 돼서 마음이 안 좋지만 좀 도와달라고 말했다. 솜 전투지에서 젊은이들이 도륙당하는 모습을 지켜보신 분이니, 내 인생이 무척 속 편해 보이시겠지만 나도 이 숨 막히는 삶에서 휴식이 필요해요. 뭔가 긍정적인 느낌을 받을 필요가 있어요. 그래야 뭐든 꾸준히 해낼 힘이 생기니까요. 증조할아버지는 참호 안에도 들어가 봤고 전쟁에서 살아남으셨잖아요. 내가 이 인생을 끝까지 살아내고 미쳐버리지 않으려면 어떻게 해야 하는지 가르쳐주세요.

나는 증조할아버지 덕분에 좀도둑질을 해본 적이 없다. 증조할아버지는 죽어가는 독일 군인의 손가락에서 금반지를 훔치려고 양군 사이의 중간 지역에 들어갔는데, 반지를 빼내는 순간 그 군인이 눈을 떴다고 한다. 그 순간, 도둑질하지 말라는 신의 말씀을 들었다고 증조할아버지는 말했다.

죽어가는 독일인의 중얼거림이었을 거라고 나는 생각한다. 아마 끔찍한 모습으로 죽어가고 있었겠지.

우리 가족들은 전부 정신이 이상했던 걸까. 그중에서도 특히 더 강하게 증상이 나타난 게 나인지도 모른다. 물도 섞지 않고 짜낸 엑기스처럼.

죽은 사람과 얘기를 나누면 미친 건가? 도리스 스토크스라는 영매는 그 일을 직업으로 삼았는데, 아무도 그 여자에게 당신은 미쳤으니 집단 심리 치료라든지 찰흙놀이 치료를 받으라고 하지 않았다. 하지만 내가 죽은 사람들과 얘기를 나눈다는 건 아무에게도 말하지 않는 게 좋을 것 같다. 다들 나를 다시 정신병동에 집어넣으려고, 징조가 나타나길 기다리고 있으니.

4월

April

1991년 4월 4일 목요일
폴란드 여행

🔔 **밤 10시 23분**

저녁에 모트에게 전화를 걸었는데 모트가 환상적인 아이디어를 내놓았다. 유네스코(국제연합의 교육과학문화전문기구)의 프로그램을 통해 폴란드 여행을 갈 수 있다는 것이다. 폴란드에 있는 기숙학교에서 영어를 가르친 후 그 나라 곳곳을 여행하는 프로그램이라고 했다. 모트가 남아프리카공화국 여행을 마치고 돌아오면 우리 둘이 같이 폴란드로 떠날 거다. 그래, 해봐야지. 거의 숨도 잘 안 쉬어질 만큼 겁나지만, 정신병자처럼 여기 이렇게 처박혀 사는 삶이 진력난다. 뭐든 해봐야겠다. 모트와 함께 있으면 안심이 되기도 한다. 모트는 내가 죽게 내버려두지 않을 애다. 한 달 동안 폴란드에 가 있는 일정이다. 엄마한테서 떨어져 혼자 있어본 게 닷새가 최장 기간이긴 하지만…… 그래도 해봐야지. 폴란드는 얼마 전에 사회주의를 때려치웠고, 지금 그곳 상황이 어떤지는 아무도 모르지만…… 그래도 해봐야지. 밖에 나가 살면서도 죽을 것 같다는 기분이 들지 않도록. 도시 간 이동 열차인 인터시티 열차로는 폴란드에서 돌아올 수가 없으니, 한번 폴란드에 도착하면 죽으나 사나 거기 있어야 한다. 폴란드에 가면 레흐 바웬사 대통령도 있고…… 그리고 음, 바웬사 말고는 유명한 폴란드인이 또 누가 있는지 모르겠다. 어쨌든 폴란드에 가려면 200파운드는 있어야 한다. 어떻게든 구해봐야지.

폴란드라니. 대박. 얼마 전까지만 해도 공산국가였던 폴란드로 이제 여행을 갈 수 있게 됐다니 믿기지가 않는다.

1991년 4월 6일 토요일
타인의 연애

무화과와 둔탱이가 다시 사랑에 빠졌다. 잘된 일이다. 난 두 사람을 좋아하고, 둔탱이는 행복을 누릴 자격이 충분하다.

오늘 저녁 펍에는 사람들이 잔뜩 몰려들었다. "뭐할 계획이야, 레이?"라고 묻는 사람들이 부지기수였다. 나는 "음……폴란드에 가려고 해"라고 대답해주었다. '모리세이의 음악을 들으면서 들판에 앉아 핀과의 섹스 생각을 하고, 너희가 절대 읽을 리 없는 시를 쓰려고 해'보다는 훨씬 나은 대답이다.

살이 빠졌냐고 묻는 사람도 몇 명 있었다. 나는 편도선염을 오래 앓았다고 대답했다. 섹스 여신이 되기 위해 작정하고 다이어트 중이라는 사실을 털어놓기 전까지, 얼마나 오래 이 핑계로 버틸 수 있을까?

스포츠 브라

내가 방 커튼을 자주 닫아놓는다고 누가 엄마에게 이른 모양이다. 농담이 아니라, 이 동네 사람들 중에 몇 명은 할 일이 더럽게 없어서 내가 커튼을 자주 닫아놓는다느니 커튼 뒤에서 이리저리 움직였느니 하는 시시콜콜한 것들을 엄마에게 고해바친다.

나는 커튼을 치고 에어로빅을 하고 있었다고, 제대로 된 스포츠 브라가 없어서 에어로빅을 할 때마다 가슴이 사방으로 마구 덜렁거린다고 말했다.

엄마는 더 이상 말을 못했다. 엄마가 두려워하는 것 혹은 부러워하는 것 중에 하나가 바로 내 커다란 가슴이다. 엄마도 내 가슴이 위아래로 들뛰는 광경을 이 에든버러 로에서 남들이 다 보게 하고 싶진 않을 것이다.

1991년 4월 12일 금요일
인생은 흥미로워

🔔 **밤 11시 45분**

어디서부터 시작해야 할까? 맙소사, 인생은 진짜 재미있다. 도저히 예측 불능이다.

튀긴 소시지와 무화과가 제일 먼저 동네로 돌아왔다. 두 사람을 다시 보게 돼서 정말 행복했다. 둔탱이와 내가 볼츠 펍에서 엄청 웃으며 재미난 시간을 보내고 있는데 갑자기 핀이 펍으로 휙 들어오더니 나를 깡그리 무시했다. 완전히 모른 척을 한 것이다. 저 잘난 엉덩이가 왜 또 저럴까. 튀긴 소시지가 내게 물었다. "너 핀한테 말 안 걸 거야?" 됐거든. 내가 왜 그 녀석 있는 자리로 가서 얼굴을 봐드려야 해? 물론 나는 그를 보고 싶지만 왜 이런 상황에서까지 그래야 되냐고? 그를 쫓아다니지는 않아. 그런 짓은 안 해. 핀이 멍청이처럼 굴고 싶다면 아, 차라리 울어버리고 말지. 다들 상냥하게 대해주는데 너무나 보고 싶던 그 사람이, 내 체중 감소를 알아차려주길 바랐던 그 사람이 별안간 나타나 못돼먹게 굴고 있다. 그리고 그는…… 아, 젠장. 내일 더 써야겠다.

1991년 4월 13일 토요일
못난 놈

🔔 *오전 9시 45분*

핀을 보고 내 마음은 완전히 요동을 쳤다. 그런데 그가 한 일은 자기 여친이었다가 아니었다가 하는 여자에 대해 둔탱이에게 얘기한 게 전부다. 둔탱이가 핀의 여친에 대해 들은 얘기가 있나? 뭐 아는 게 있나? 그리고 핀은 내 쪽을 향해 무어라 투덜거렸다. 우리가 서로 본체만체하던 1989년 4월로 돌아간 것 같았다. 그 투덜거림. 저 잘생긴 바보. 지금 그는 전혀 그답지가 않다. 상태가 더 나빠진 것 같다.

1991년 4월 19일 금요일
모트와 작별

🔔 *저녁 7시 34분*

모트의 집에 놀러갔다. 내일이면 모트는 남아프리카공화국으로 떠나 한참 있어야 돌아올 거다. 나는 감정이 다소 격해졌다. "언제 왔냐 싶게 금방 돌아올 거야"라고 모트는 말했지만 그렇게 빨리 돌아오진 않을 것 같다. 아마 오래도록 떠나 있지 싶다. 우린 함께 폴란드에 가기로 했지만 그 전까지 서로 아주 멀리 떨어져 있게 되겠지. 아, 모트에게 전화도 걸 수 없을 거다. 전화해서 좋은 얘기도, 안 좋은 얘기도 할 수가 없다. 특히 안 좋은 얘기를 못하니 아쉬울 거다. 내 상태가 엉망일 때 속얘기를 털어놓으면 모트를 제외한 다른 사람들은 나를 정신병동에 넣고 약을 먹이고 내가 감당할 수 없는 일들을 시키려고 든다.

모트도 어떻게 할 수 없고, 핀도 해결해줄 수 없는 부분이다. 그들이 내 머리까지 고쳐주지는 못한다.

1991년 4월 23일 화요일
또 새로운 일자리

🔔 *밤 11시 2분*

악몽이다.

펍 일도 그만두고 놀던 참이라, 일자리 센터를 통해 소개받은 일을 하러 갔다. 그런데 가서 보니 진짜 심했다. 악덕 고용주 밑에서 고양이 사료를 포장하는 일인데, 우리 팀이 받는 급료는 쥐꼬리만큼 적었다. 나는 내일 아침 6시 15분에 일어나 미니버스를 타고 일터에 도착해 고급 고양이 사료통의 뚜껑 덮는 일을 해야 한다. 우아를 떠는 고양이들을 위한 사료다. 우리 집 고양이 화이트는 위스카스 정도의 저렴한 사료에 만족하고 신나 한다. 원래 그래야 되는 거 아냐?!

1991년 4월 24일 수요일
숨 막히는 일터

🔔 *저녁 8시 6분*

아침 6시에 일어났다. 우리가 꾸역꾸역 들어가 앉자 미니버스는 비참하게 끙끙대며 나아갔다. 팀원들은 기분이 안 좋을 때 핀이 하듯이 나한테 대고 투덜거렸는데, 핀처럼 잘생기거나 사랑스럽지 않은 사람들의 합창이었다. 8시 30분, 드디어 펜스의 이 끔찍한 일터에 도착했다.

그들은 나를 일하는 곳으로 데려갔다. 탁자 앞에 서서 최대한 빠르게 고양이 사료통에 뚜껑을 덮는 것이 내가 할 일이었다. 라디오도 없이 꼬박 여덟 시간가량을 그렇게 일을 해야 했다. 섹스에 관한 환상조차 떠올릴 새 없이 여덟 시간 내내 고양이 사료통에 뚜껑을 덮어야 하는 것이다. 일을 시켜보더니 그들은 나를 탐탁찮아 했다. 만세! 바라던 바예요!!!! 악덕 고용주는 내가 미니버스에 올라탔던 곳까지 차로 태워다주며 말했다. "걱정하지 마. 다음 주에 네가 할 만한 일을 마련해줄게." 아뇨, 그러지 마세요. 직접 사양을 하진 않았지만 나는 그의 말이 달갑지 않았다. 전혀.

5월

May

1991년 5월 1일 수요일
의지박약?

🔔 *오전 11시 42분*

고급 고양이 사료통에 뚜껑 덮는 일을 시키는 악덕 고용주께서 친히 우리 집으로 전화를 주셨다. 나는 전화 감이 안 좋은 척을 하면서 끊었다가 잠시 후 그리로 전화를 걸었다. 악덕 고용주의 부인이 전화를 받았다. 나는 '다른 데 일자리를 구하게 돼서' 그 일을 못하게 됐다고 그녀에게 말했다. 물론 거짓말이었다. 부디 악덕 고용주 부부가 일자리 센터에 전화해서 확인해보지 않기를. 아마 전화까지 해보지는 않을 거다. 비만고양이 챔피언 티들스와 그의 상류층 친구들을 행복하게 해줄 사료를 통에 담아내느라 정신없이 바쁠 테니까.

1991년 5월 2일 목요일
아드난의 컴백

🔔 *오전 10시 32분*

아드난이 영국에서 계속 거주해도 된다는 허락을 받았다고 엄마가 알려주었다. 영원히 거주해도 된단다. 다음 주에 아드난이 영국으로 돌아오기로 했다. 엄마는 몹시 흡족해하고 있는데, 그 바람에 고양이 사료통 뚜껑 덮는 일자리에 대해서는 완전히 잊어버린 것 같다!

1991년 5월 7일 화요일
공황상태

🔔 **저녁 7시 13분**

뭐라고 끄적거리고 있지 않을 땐 그냥 멍하다. 아무것도 느낄 수 없거나 공황상태에 빠진다. 혹은 아무 말도 안 하고 싶다.

오늘 내가 너에게 해주고 싶은 말은, 다이어트가 꽤 잘되고 있다는 거다. 청바지가 이미 헐렁해졌다. 아직 섹시해졌다는 느낌은 들지 않는다. 섹시해 보이지도 않는다. 그래도 부피가 확실히 줄었다. 전보다는 덜 엉망이다.

1991년 5월 8일 수요일
퀴즈 쇼

🔔 **오후 5시 14분**

헤리워드 라디오 방송국에서 노리치 시와 피터버러 시를 대상으로 진행하는 상금 타기 퀴즈 쇼가 있는데, 거기에 참가 신청을 했다. 엄마도 한번 해볼 가치가 있다고 말해주었다. 섭외가 되면 일주일 내내 매일 라디오에 출연하게 되고 최고 200파운드의 상금을 탈 수도 있다. 얼마라도 받으면 폴란드 여행에 도움이 될 것이다.

1991년 5월 13일 월요일
공기처럼 가벼워야 돼

🔔 *오후 12시 11분*

핀이 준 조화 화분을 찬장 안에 처박았다. 더는 그걸 쳐다볼 수가 없다.

몸무게뿐 아니라 감정적인 무게도 약간은 줄일 때가 됐다.

내가 진짜 배짱이 있다면 그 조화 화분을 아예 쓰레기통에 던져넣었겠지만…… 아직 마음으로 보내지 못하고 있으니 시늉에 불과할 것이다.

내가 지금 무슨 생각을 하고 있게? 핀에게서 편지도 없고, 전화도 없다. (정말 알고 싶은 마음이 있었으면 누구한테 물어서라도 우리 집 전화번호를 알아냈겠지.) 막상 외지를 떠돌다가 동네에 돌아와서도 본체만체하며 투덜대던 일 년 전과 다를 바 없는 모습이었다. 그런데도 나는 그리워하며 견디고 있다. 기도하고, 소망하고, 희망하고, 몇 번이나 가스가 잠겼는지 확인하고 있다. 굳이 네가 아니더라도 나는 그렇게 살고 있을 거야, 핀. 네가 특별한 사람인 줄 아나본데, 아니거든.

네가 나타나기 전부터…… 나는 이렇게 살아왔어. 기억하지도 못할 만큼 오래 전부터…… 이런 생활은 늘 내 삶의 일부였어. 이런 기질을 타고난 것 같기도 해.

1991년 5월 17일 금요일
섭외 전화

🔔 오전 11시 9분

헤리워드 라디오의 아침 방송 사회자 폴 코이트한테서 전화를 받았다. 다음 주 내내 상금 타기 퀴즈 쇼에 출연하란다!! 처음엔 그가 농담하는 줄 알았는데 진짜였다! 신경이 곤두서면서도 들뜨는 기분이다. 잘만 하면 꽤 많은 상금을 탈 수도 있다. 심장이 미친 듯이 뛴다. 엄마한테 얼른 말하고 싶어 입이 근질거린다. 다음 주 내내 이 피터버러 시 전역에서 나는 유명 인사가 되는 거다.

🔔 오후 12시 8분

방금 아드난에게 상금 타기 퀴즈 쇼에 출연하게 됐다고 말했다. 아드난은 그게 어떤 의미인지 잘 이해를 못한 것 같았지만 축하는 해주고 싶은지 치즈 토스티를 만들어주겠다고 했다. 나는 잠시 혹했지만 먹을 수는 없었다. 로즈메리 콘리 다이어트에서 치즈는 린 퀴진의 쇠고기 라자냐에 토핑으로 살짝 올라간 정도가 아니라면 쳐다봐서도 안 된다.

1991년 5월 19일 일요일
설레는 밤

🔔 *밤 11시 51분*

초조해서 잠이 오질 않는다. 헤리워드 라디오를 듣는 사람들이 수천 명은 될 것이고, 모리슨즈 슈퍼마켓 사람들은 전부 다 들을 거다.

1991년 5월 20일 월요일
라디오에 내가!

🔔 *오전 8시 22분*

그럭저럭 잘해냈다. 엄마도 나더러 잘했다고 했다! 사회자 폴 코이트가 상금을 받으면 어디 쓸 거냐고 물어서 나는 폴란드에 갈 때 사용할 거라고 말했고, 우리는 잠깐 잡담을 나눴다.

그리고 퀴즈가 시작됐는데 나는 답을 전부 맞혔다.

어쨌든 내일은 폴란드에 갈 때 쓸 여권용 사진을 찍으러 피터버러에 가야 하고, 오늘은 울리스에 가서 필요한 물건을 사야 한다. 그래, 난 사진 찍는 게 두렵다. 엄마의 여권으로 비행기에 타면 왜 안 될까? 왜냐하면 네가 열아홉 살 레이니까. 넌 성인이니까. 성인 대접이라는 건 그런 게 아닐 텐데. 젠장.

1991년 5월 24일 금요일
화제의 소녀

🔔 오전 9시 13분

이번 주 내내 출연했던 헤리워드 라디오 퀴즈 쇼의 마지막 날. 멋지게 잘해냈다. 폴 코이트는 내 소개를 이렇게 했다. "엄청난 화제를 몰고 온 소녀입니다! 사람들이 계속 묻고 있어요. '이번 주에 출연한 그 소녀 대체 누구야'라고 말이죠. 실력이 아주 뛰어납니다." 퀴즈가 마무리되고 나는 178파운드를 상금으로 챙겼다. 폴란드 여행 경비에 거의 딱 맞춰지는 금액이다.

폴 코이트는 정말 좋은 사람이다. 아주 멋지고 상냥하다. 나를 편안하게 해주었고 마지막에는 내 지인들에게 인사도 해주었다. 그는 '저를 아는 누구누구에게 인사 좀 해줘요'라는 말을 듣는 걸 무척 싫어하는 사람인데 특별히 해준 것이다. 뭐,

그런 게 좀 멍청한 부탁이긴 하지만 말이다.

1991년 5월 25일 토요일

라디오의 매력

🔔 *오전 10시 35분*

라디오가 내 적성에 딱 맞는다는 걸 깨달았다.

1) 라디오 관련 일은 목소리 크고 특이한 사람들에게 잘 맞는다.

2) 라디오 쇼 진행자인 재키 브램블스보다 내가 더 잘할 수 있을 것
   같다.

3) 지난 삼십 년 동안 음반 차트의 최고점을 찍었던 모든 노래들과
   그 가사를 알고 있다. 바네사 파라디의 〈택시를 타고 *Joe Le Taxi*〉
   같은 프랑스 노래까지도 다 안다.

4) 라디오에서는 청취자들이 내 모습을 보지 못한다.

5) 음악 프로그램 진행자인 앤시아 터너보다 〈탑 오브 더 팝스〉를
   더 잘 진행할 수 있다.

1991년 5월 31일 금요일
난 왜 이럴까

🔔 *오전 11시 10분*

맙소사!! 핀이 엽서를 보내왔다!!

> 레이에게,
>
> 네가 새로운 사이먼 베이츠(영국의 디제이 겸 라디오 진행자 - 옮긴이)로
> 등극했단 얘기 들었어. 나중에 부자가 되면 나 모페드 자전거 한 대
> 만 새로 사줄래?
>
> 여름에 보자. 사랑을 담아, 핀이 보냄.

그에게 엽서를 받아서 기분이 끝내주게 좋지만, 내 여권용
사진을 보고 있으니 마음 한구석이 괴롭다. 나는 여전히 그와
어울리는 외모가 아니다. 아직 예쁘지도 않고, 덩어리진 살집
도 여전하다. 이런 몸뚱어리로는 원피스를 제대로 입을 수도
없고, 그의 손길을 받을 수도 없다…… 아, 난 아직 준비가 되
질 않았다. 나라는 인간 자체가 문제인가 보다. 그런 것 같다.
사랑을 받아도 다 날려버린다. 왜냐하면 내가…… 이 모양이
라서. 이 얘긴 숱하게 들었을 거야, 일기야. 내가 문제야. 바로
내가 문제라고. 이건 너도 알고 나도 아는 거라서, 아니라고 부
정도 못해.

6월

June

케이프타운

🔔 *저녁 6시 54분*

오전 11시 55분에 전화가 걸려와 이상한 목소리로 "케이프타운에서 거는 수신자 부담 전화를 받으시겠습니까?" 어쩌고저쩌고 물었다! 모트였다!! 당연히 "예!"다! 모트는 남아프리카공화국 케이프타운에서 즐겁게 지내고 있고, 여권을 도둑맞았지만 잘 해결됐다고 했다! 모트는 그동안 만난 사람들에 대해, 본 것들에 대해 들려줬다. 정말 굉장한 얘기들이었다. 그래도 모트는 여전히 내 친구 모트다. 외국에서 낯선 경험을 하다 보면 사람이 달라져버릴 수도 있다고 생각했는데 모트가 변하지 않아 다행이다. 우리는 한참 이야기꽃을 피웠다. 남아프리카공화국에서 걸어온 수신자 부담 전화 요금이 얼마나 나올지 몰라 걱정이 되기는 한다. 꽤 많이 나올 것 같기는 하다. 하지만 뭐 어때. 아드난은 모로코에 있는 자기 집에 가끔 전화를 걸어 짧게 묻고 긴 대답을 듣곤 한다. 모트는 내 가족이다. 내게는 자매나 다름없다.

전화 요금 청구서를 받으면 엄마가 화를 내겠지. 청구서가 집에 도착할 때쯤 폴란드에 가 있어야 할 텐데! 폴란드 대통령 바웬사가 분노하는 우리 엄마한테서 나를 보호해주기를. 바웬사는 미친 공산주의자들에게 맞선 사람이니까 우리 엄마한테도 맞설 수 있지 않을까? 하지만 엄마는 화가 나면 스탈린보다 더 무섭지 않나? 아니, 됐다. 난 이제 열아홉 살이다. 엄마가 나한테 미치는 영향력은 이제 전처럼 크지 않다. 뭘 어떻게 하겠어? 내 스머프 인형들을 내다버리는 거? 난 이제 파파 스머프 인형 없이 살 수 있다. 작은 솔을 들고 있는 굴뚝 청소부 스머프 없이도 살 수 있다. 어렸을 때나 갖고 놀던 인형들이다. 난 이제 다 컸다.

엄마가 내 음반들을 팔아버릴 수도 있겠지만 그랬다간 내가 다시는 엄마랑 말을 하지 않을 것임을 엄마도 안다. 음반들은 내 분신이다. 혹시 모르니 어디 숨겨야겠다.

기분이…… 좀 나아졌다. 이대로 약국과 화장품 소매점을 겸한 부츠 매장에 가서 몸무게가 얼마나 빠졌는지 재봐야겠다. 손님들이 많이 없는 시간까지 기다렸다가 들어가 봐야지.

생각해보니, 스머프 인형들뿐만 아니라 브리튼즈 모형 마구간과 장난감 말들도 내가 너무나 아끼는 것들이다. 아무래도 이걸 전부 어디다 숨겨놔야겠다.

1991년 6월 15일 토요일
모트, 어서 와

🔔 오전 9시 12분

모트가 돌아왔다!!! 오늘 아침 6시쯤에 비행기에서 내렸다. 언제쯤 전화해도 될지 모르겠다.

🔔 오전 10시 45분

모트가 시차로 인한 피로 때문에 자고 있다고 한다! 그래요, 하지만 모트랑 꼭 얘길 하고 싶다고요, 아저씨. 모트의 아버지에게 모트를 깨워달라고 하는 건 아무래도 이기적인 짓 같다. 내일까지 기다려야겠다.

1991년 6월 18일 화요일
레깅스 레이

🔔 오후 6시 12분

엄마가 말했다. "부츠에 가서 체중 좀 달아봐, 레이첼. 살이 많이 빠졌어. 다들 그렇게 말하더라. 부츠에 가서 재봐. 이십 페니 줄게."

안 그래도 청바지가 헐렁하다. 더 이상은 입지 못할 것 같다. 이제 레깅스를 입어야 하나.

아무래도 그래야 할 듯.

사람들이 나한테 좋은 말들을 해주고 있는데 여기에 쓰지는 못하겠다. 괜히 거들먹거리는 것 같기도 하고…… 찝찝하기도 해서다. 아직 내가 생각하는 그런 여자가 된 느낌이 들지 않는다. 아직 내 청바지를 입고 싶다. 허리가 헐렁해서 벨트를 매야겠지만.

부츠에 가서 체중을 달고 얼마나 많이 빠졌는지 엄마한테 얘기하면, 나중에 전화 요금 청구서가 나와도 덜 혼나지 않을까.

1991년 6월 19일 수요일
자랑스러운 레이첼

🔔 저녁 7시 12분

오늘 아침 10시 30분쯤에 부츠에 갔다. 사람들이 몰리는 점심시간 전에 갔지만, 노후 연금 수령자들이 혈압약을 사러 와서 매장 안이 북적거렸다.

어쨌든 체중을 달아보니 73.7킬로그램이었다.

19킬로그램 정도 빠졌다.

엄청나다.

19킬로그램이라니.

엄마한테 얘기했더니 엄마가 말했다. "레이첼, 훌륭하구나. 너도 자랑스럽지?"

나는 그렇다고 대답했다.

자랑스러운 것 같기도 하고, 아닌 것 같기도 하다. 확실히 부피는 좀 줄었는데, 머릿속에는 여전히 지방이 느껴진다. 난 아직도 예전 그대로인 것…… 같다. 못생긴 년. 마음속으론 섹시해지고 싶은데 모르겠다. 그냥 살을 더 빼야 하는 건가. 평균 사이즈에 더 가까워지면, 그때는 완전히 다른 기분이 들까. 그때는 다른 소녀들처럼 예쁘고 여자다워진 느낌을 받을 수 있을까. 이도저도 아닌 레이가 아니라.

살이 빠져도 내 머리는 여전히 미쳐 있을 거다. 12사이즈 원피스를 입은 정신 나간 여자가 되겠지.

내가 한 말 무시해, 일기야. 아무리 좋은 변화라도 당장 받아들이기가 힘들어서 그래.

1991년 6월 28일 금요일
모든 것은 변한다

🔔 **밤 9시 35분**

폴란드 건으로 내일 런던에서 모임이 있어서 지금 모트네 집에 와 있다. 내가 아는 게 없어서 모트가 우리가 갈 곳에 대해 미리 계획을 짜놓았다. 모트는 지도를 잘 본다. 뭘 하든 다 뛰어나다. 남아프리카 여행을 하면서 몸도 아주 예쁘게 선탠이 됐다. 모트가 여행 선물을 줬는데 내가 받아본 최고의 선물이었다. 넬슨 만델라 컵받침이다! 끝내주게 멋지다! 절대 안 쓸 거다. 너무 좋아서 쓸 수가 없다.

기분이 저조해지면, 인생이 지금보다 나아질 수도 있다는 것을 기억해야 한다. 넬슨 만델라는 오랫동안 감옥에 갇혀 있었지만 지금은 영웅이 돼서 컵받침에도 얼굴이 찍혔다. 삶은 계속 변한다.

1991년 6월 29일 토요일
폴란드 여행 클럽

🔔 밤 10시 34분

폴란드 여행 모임이 그럭저럭 잘 진행된 것 같다. 우린 폴란드의 시비드니차라는 도시로 가게 됐다. 독일 국경선과 아주 가까운 곳이다. 함께 가게 될 팀원들은 친절한 사람들이었다. 각 팀원들은 교사 한 명과 짝이 돼서 수업을 진행하게 될 터였다. 내 지도 교사는 '앤젤라'라는 이름의 친절한 여자인데, 헐 시에서 왔다고 했다. 헐 시! 이런데도 헐 시가 내 운명이 아니겠어?! 여기저기서 이 도시 이름이 튀어나오는데. 모임 중에 내가 몇 마디 농담을 했고 사람들이 웃었다. 설명을 들으니 폴란드는 지금 과도기적 상태이며 우리가 익숙하게 살아온 이곳과는 무척 다르단다. 따라서 우리는 건전지와 손전등, 샤워젤을 비롯해 필수품을 여기서 다 챙겨가야 한다. 그 나라에는 채식주의자를 위한 요리 따위 없으며 달걀 요리를 주식으로 한다. 집으로 전화를 하고 싶으면 마을의 특정한 장소에 가서 전화 예약을 해야 한다.

그래. 벌써부터 공황발작을 일으킬 것 같지만 앤젤라가 헐시에서 왔으니 참아보도록 하자. 이 여행은 내게 큰 의미가 있다. 일단 모트가 늘 나와 함께 있을 거다. 이 여행을 제대로 해낸다면 다른 사람들이 나에 대해 갖고 있는 편견을 틀렸다고 말할 수 있다. 모든 사람들에게 반박할 수 있다. 스탬퍼드 사람들 중에 폴란드에 가본 이들은 아마 없을 거다. 외국에 나가본 사람들이 있기는 하지만 스페인의 토레몰리노스라든지 이탈리아 스키 여행이라든지, 미국 플로리다 주가 고작이다. 내가 이 여행을 해낸다면…… 이렇게 글로 쓰는 것만도 힘이 들지만 그래도 해내기만 하면 나는 편견을 깨버리는 거다. 악몽도 사라질 거다. 내가 바라던 그런 사람이 되는 거다. 이제 점점 더 많은 나라들에서 철의 장막(예전 동구 공산권과 서구 사이에 존재하던 가상의 장벽을 가리킴－옮긴이)이 걷히고 있으니 살도 빼고, 공황발작 없이 핀과 인터레일 패스로 유럽 여행을 하면서 기차에 타는 족족 섹스를 해야지.

마지막 말은 농담이지만 핀과 함께하는 섹스 모험을 생각하며 마음을 차분히 가라앉힐 필요는 있다.

7월

July 기

좋아 보여

🔔 *새벽 3시 9분*

굉장한 밤이었다.

오랜만에 나를 본 친구들한테서 살 빠졌다는 얘길 많이 들었다.

둔탱이 – '훨씬 좋아 보여. 결국 해냈구나!' (역시 귀여운 둔탱이)

튀긴 소시지 – '조그매진 거대 인간!' (뻔한 반응이지만 반쯤은 칭찬인 듯)

무화과 – '살 무지하게 뺐구나. 난 쪘는데. 다 그놈의 케밥 때문이야.' **(살이 좀 찌긴 했지만 그래도 여전히 잘생기고 상냥한 무화과다.)**

그리고 핀의 여친이 볼츠 펍으로 들어왔다. 그녀는 최근 몇 달째 동네에 계속 머물고 있어서 내가 체중이 줄어드는 모습을 봐왔고 내 체중 감소에 대해서도 좋은 말을 해주었다. 그런데 그녀의 바로 뒤에서 핀이 따라 들어온 것이다.

오랫동안 못 보다가 봤더니…… 핀은 한층 더 잘생겨졌다. 섹시해지는 알약이라도 먹은 건지, 나는 너무 가슴이 떨려서 심장마비가 올 지경이었다.

핀이 펍 안으로 들어오는데, 주크박스에서 케니 토머스의 〈너의 사랑에 대해 생각하며Thinking About Your Love〉가 흘러나왔다. 나와 그 주크박스는 심령적으로 연결되어 있다. 이 노래도 똥 같지만 가사는 상황에 정확히 들어맞는다.

나는 얼른 주크박스로 가서 카터 더 언스토퍼블 섹스 머신의 〈보안관 팻맨Sheriff Fatman〉을 틀었다.

처음에 핀은 우리 쪽을 쳐다보지도 않았는데, 그러다 아차 하면서 우리에게 손을 흔들었다. 우리에게 걸어오는데, 그의 두 눈이 초콜릿처럼 달콤했다. 아무리 먹어도 살찌지 않는 사랑스러운 초콜릿. 손튼스 콘티넨탈 초콜릿 같지만 칼로리는 0인 초콜릿.

초콜릿이라고 쓰니까 배가 고픈 것 같기도 해.

어쨌든 그는 내 눈을 똑바로 바라보면서 무미건조하게 "레이 못 봤냐?"라고 말하고는 윙크를 했다.

내가 말했다. "꺼져. 내가 바로 레이거든. 요즘 감자칩을 좀 덜 먹고 있는 것뿐이야."

그러자 그가 말했다. "좋아 보여, 아가씨."

좋아 보여, 아가씨라니. 그 말이 내 머릿속에서 좀처럼 지워지지 않는다.

내가 말했다. "넌 맛이 간 것 같네."(사실, 그는 전혀 맛이 가지 않았다. 아름답다는 말로도 부족할 만큼 끝내준다.)

그는 요즘 '종일 바빠서 몹시 지쳐 있기는 한 상태'라고 말하면서 여름 내내 일을 할 예정이라고 했다. 내가 이달 말에 폴란드로 갈 거라고 하자, 그는 코로 짧게 숨을 내쉬며 말했다.

"그럼 같이 있을 수 있는 동안 즐겁게 지내자."

잠시 후 우리는 올리버스 나이트클럽으로 옮겨가 신나게 춤을 추었다. 핀은 춤추는 모습도 마치 신처럼 멋있다.

몸은 피곤한데 잠이 오질 않는다. 다시는 잠을 못 잘 것 같기도 하다.

1991년 7월 16일 화요일
평등하게 은밀하게

🔔 오후 4시 55분

엄마는 뭐든 먹어치우는 아드난의 완벽한 지배를 받고 있다. 슬픈 일이다. 엄마처럼 강한 여자가 부부 관계 내에서 붕괴돼버리다니. 애처로울 뿐이다. 아드난의 말 한마디에 전전긍긍하며 시중을 든다. 엄마 세대가 그래서일까. 남자와 함께 사는 방법은 그것뿐이라고 믿는 것 같다.

미리 말해두는데, 내가 핀과 결혼을 하게 된다면 밤낮으로 그를 생각하며 넋 놓고 살거나 그의 말 한마디 소망 한마디에 매달려 살지 않을 거다. 핀은 설거지를 해야 할 것이고 자기 팬티는 자기가 빨아야 하며 요리도 해야 한다. 나는 진공청소기를 밀고 운전하는 일을 할 거다. 그렇게 평등한 관계로 살거다. 우리가 침대에서 나갈 일이 있다면 말이다!

사람들이 이런 내 생각을 알게 되면 어떻게 될까? 세상이 폭발하겠지!! 핀의 여친도 당연히 폭발할 테고! 하 하 하!!! 진짜로 내가 핀과 사귀게 되더라도 이런 평등한 부부 관계에 대해서는 말하지 않을 거다. 그건 좀…… 충격일 수도 있으니까.

1991년 7월 21일 일요일
마지막 토요일 밤

🔔 새벽 3시 45분

모트와 폴란드로 떠나기 전 마지막 토요일 밤을 불살랐다.

튀긴 소시지의 여친이 튀긴 소시지에게 가수 브라이언 애덤스의 똥 같은 히트곡 싱글 음반을 사줬다고 한다. 우린 그걸 갖고 세 시간 내내 놀려댔다! 브라이언 애덤스의 〈내가 하는 모든 일은 당신을 위한 것입니다Everything I Do I Do It For You〉라는 노래를 말끝마다 붙여가면서 튀긴 소시지에게 말을 한 것이다. 재미있었다.

핀과도 한참 얘기를 나눴다. 그는 잘 다녀오라고 말하면서 나를 꼭 안아주었다. "몸조심하고, 폴란드 남자랑 눈 맞아서 달아나면 안 돼."

나는 달아나지 않겠다고 대답했다. 하지만 폴란드에 그의 사진을 가지고 간다는 얘기는 하지 않았다.

그러하다.

1991년 7월 24일 수요일
특별 수업

🔔 **저녁 7시 46분**

폴란드에 가면 우리 모두 영국 문화를 주제로 특별 수업을
해야 한다. 나는 당연히 음악 수업을 할 생각이다. 폴란드 학교
에 비디오 플레이어가 있다니까, BBC에서 방송하는 〈더 로큰
롤 이어즈〉라는 음악 방송을 녹화해서 학생들에게 보여주고,
히피족과 펑크족 그림도 그려 갈 생각이다. 듣자 하니, 폴란드
사람들은 서구 음악은 거의 접하지 못했고 엠티비를 수신하게
된 지도 얼마 안 된다고 한다.

폴란드에서 태어났으면 난 살아남지 못했을 거다. 절대로.

1991년 7월 25일 목요일
출발 전야

🔔 **밤 10시 12분**

짐은 이미 다 싸놓았다. 내일 모트의 아버지가 우리를 히

스로 공항까지 차로 태워다주신다고 해서 나는 지금 모트네에
와 있다. 온갖 약이란 약은 다 사서 짐 가방에 챙겨넣었다. 오
늘 부츠 매장을 아주 싹쓸이해온 것 같다. 티눈 고약이 필요할
것 같지는 않았지만 그것도 사서 가방에 넣었다. 우리 할머니
도 발가락에 티눈이 있었다. 열아홉 살 때부터 키워온 티눈은
아니었지만 말이다.

제발, 제발 신이시여. 이번 여행을 잘해낼 수 있게 해주소
서. 정신이 이상해지지 않게 해주소서. 정신 바짝 차리고, 외국
에서 미쳐버리지 않게 해주소서.

1991년 7월 26일 금요일
폴란드행 비행기

🔔 *저녁 6시 49분*

LOT 폴란드 항공사의 비행기에 탑승했다. 믿기지 않을 만
큼 자리가 비좁고 귀도 아프다. 모트, 짧게 한마디 해.

안녕!

고마워.
기내식이 곧 나올 거다! 아, 정말 기대된다. 내 옆자리에는

스카이다이버가 타고 있다. 나는 스튜어디스가 되고 싶지 않다. 하지만 그쪽 사람들이 동유럽에서 벗어나 살 수 있는 방법 중 하나겠지? 창밖에는 아무것도 보이지 않는다.

폴란드와 관련해 벌써부터 마음에 드는 게 있는데, 내가 가진 파운드화를 폴란드 즐러티화로 바꿨더니 18,400즐러티나 된다. 태어나서 처음으로 부자가 된 기분이다.

다소 초조하지만 견딜 만하다. 앞으로 훨씬 많은 일들이 일어나겠지.

1991년 7월 27일 토요일
폴란드의 시간

🔔 **폴란드 시간으로 새벽 1시 20분**
🔔 **영국 그리니치 표준시로는 새벽 12시 20분**

지금부터는 폴란드 시간으로 표시한다. 안 그러면 너무 혼란스러울 것 같다.

폴란드!! 한바탕 난기류를 만나 고생한 끝에 폴란드 땅에 착륙했다. 비행기에서 내린 후 우리는 몇몇 사람들의 짐 가방이 아직 히스로 공항에 있다는 걸 알게 됐다! 내가 코트니 제이의 〈가볍게 여행하기Travelling Light〉를 흥얼거리자 다들 노려봐서 그만뒀다.

지금은 크라쿠프의 호텔에 들어와 있다. 내일 아침 7시 30분에 일어나 소금 광산을 보러 가야 한다! 광산!! 광산이다. 도저히 광산 생각을 머리에서 지울 수가 없다. 심호흡이라도 해보자.

우리는 굉장히 이상하게 보이는 장소에 들러 식사를 했다. 우리를 위해 특별히 문을 연 초등학교 같기도 했다. 그곳에서 아니스 열매가 들어간 빵, 허브 차, 생선, 양파를 먹었다. 양파 말이다!! 이곳은 척박한 땅이다. 생선은 먹지 않고 그냥 두었다.

몹시 지쳐서 기운이 하나도 없다. 그래도 다들 상냥한 것 같다.

1991년 7월 28일 일요일
소금 광산

🔔 밤 11시 55분

폴란드의 시비드니차 학교 캠프. 나는 정신없는 폴란드 아이 세 명과 한 교실에 있다. 한 아이는 몹시 거칠고, 한 아이는 담배를 피우고, 한 아이는 시도 때도 없이 웃어댄다. 다들 날씬하다. 생양파만 주로 먹고산 모양이다. 놀라운 일도 아니지.

오늘 본 소금 광산은 내가 지금까지 본 가장 놀라운 광경 중 하나였다. 갱도로 내려가면서 공황발작이 올 뻔했지만 모트가 알아차리고 팔을 잡아줘서 무사히 넘어갔다. 내려가서 보니 굉장했다. 성당이며 제단, 샹들리에까지 전부 소금으로 만들어졌고, 테니스 코트까지 있었다! 유일하게 우울했던 부분은 나치가 그곳에서 강제노역을 시켰고 그중 몇 명이 죽었다는 사실이었다. 몇 명이 아니라 다수였을 수도 있다. 폴란드 사람 중에는 독일 사람을 좋아하는 이가 없는 듯하다.

어찌됐든 내일부터 수업 시작이다. 약간 초조하긴 한데, 앤젤라가 자기 할 일을 정확히 알고서 이끌고 있으니 나는 그 뒤를 잘 따라가기만 하면 될 것 같다.

팀원들은 다들 괜찮은 사람들이다. 리더인 스티브뿐 아니라 마크, 이안, 크리스, 듬직한 빅스, 매리, 줄리. 그들을 수년째 알아온 것 같은 기분이다.

1991년 7월 29일 월요일
체르노빌 얘기

🔔 *밤 10시 12분*

오늘 수업은 성공적이었다. 앤젤라는 훌륭한 선생님이다. 우리는 자기소개하기, 출신지 말하기를 가르쳤다. 몇몇 학생은 이미 영어를 아주 잘했고, 집이 농장을 하는 한 소녀는 체르노빌에서 원전 사고가 있은 후 농장에서 괴상한 동물들이 여럿 태어났다고 말했다. 내가 들어본 중 최고로 꼽을 만한 이 야기였다.

저녁에 공황발작이 왔다. 체르노빌 얘기가 일부 원인인 것 같다. 학생들이 들려준 얘기 중 제일 마음에 들었지만 사고, 재난, 죽음을 떠올리게 해서 신경이 곤두섰나 보다. 나 때문에 빅스가 놀란 것 같았는데, 모트가 그녀에게 내가 가끔 이런다고 설명을 해줬다. 빅스는 좋은 애라 그 후 나를 별다르게 대하지 않고 있다. 좁은 소견머리의 좁은 동네 스탬퍼드 출신이 아니라서 나 같은 별종을 좀 더 유연하게 받아들이는 모양이다.

어쨌든 교무실에 마실 게 잔뜩 있다는데, 내일에나 들어갈 수가 있다.

1991년 7월 31일 수요일
아바의 노래

🔔 오후 4시 57분

아바의 〈워털루Waterloo〉 음반을 턴테이블에 올려 틀어놓고 내내 따라 불렀다. 폴란드 아이들은 무척 좋아했다. 아침을 먹으면서 모트도 같은 얘길 해줬다. 폴란드 사람들은 우리처럼 아바를 당연하게 여기지 않는다. 여기 사람들은 그동안 아바의 노래를 들어보지 못했던 거다!!

오늘 나는 팝 음악을 주제로 수업을 했는데 분위기가 달아오르며 학생들이 질문을 쏟아냈다. 펑크족은 몇 명이나 돼요? 펑크족도 학교에 가나요? 아는 펑크족도 있나요? 흠, 기본적으로 나는 폴란드에서 아이들을 가르치는 펑크족이다. 이 일을 직업으로 삼아도 좋을 것 같기는 한데, 링컨셔 주에서 내가 갈 만한 자리가 있을지는 모르겠다.

8월

August

포크 댄스

🔔 **밤 10시 15분**

오늘 영국이 좀 창피스러웠다.

우선 축구 경기에서 폴란드 학생들이 우릴 격파했다. 아주 박살을 냈다. 그리고 체육관으로 들어가 멋진 포크 댄스를 보여줬다. 정말 의미가 깊은 춤이었다. 폴란드 사람들이 서로 구애하고, 만나고, 사랑에 빠지는 방식에 관한 춤이었다. 어떤 춤은 러시아에 저항하는 내용을 담고 있었다. 아름답고 섬세했다.

춤을 마친 그들은 우리에게 영국의 포크 댄스를 보여달라고 청했다.

우리가 뭘 할 수 있었겠어? 잠깐 미친 듯이 상의를 한 끝에 우린 블랙 레이스의 〈호키코키Hokey Cokey〉와 〈더 콩가The Conga〉에 맞춰 허접한 춤을 보여줬다.

폴란드 학생들은 무척 즐거워했지만 영국이 얼마나 형편없는 나라로 보였을까!

1991년 8월 10일 토요일
가장무도회

🔔 **밤 11시 22분**

학생들과 함께한 가장무도회는 환상적이었다. 매리는 자유의 여신상처럼 차려 입었다. 마크는 온몸에 파란 페인트칠을 하고 스머프로 변신했는데 굉장했다. 나는 여행가방에 몸을 우겨넣고 지퍼로 살짝 잠가 여행가방으로 변장했다. 오늘밤의 하이라이트는 〈러시 러시Rush Rush〉 노래에 맞춰 러시 러시 춤을 춘 것이다.

핀이 여기서 여행가방으로 변장한 내 모습을 보지 않아 다행이다.

핀.

어느 나라에서든 핀 생각만 하면 기분이 좋아진다. 그래도 여기 온 후로 핀 생각을 전처럼 많이 하지는 않았다.

1991년 8월 11일 일요일
무도회 후유증

🔔 *오후 4시 56분*

마크가 몸에서 파란 페인트를 씻어낼 수가 없다고 울상이다. 영원히 스머프처럼 파랗게 살게 될까 봐 걱정하고 있다.

나는 보드카를 계속 먹다간 죽을 것 같아서 이제 폴란드 샹그리아 와인으로 갈아탔다.

1991년 8월 13일 화요일
패션쇼

🔔 *밤 10시 45분*

오늘은 패션쇼를 했다. 앤젤라는 이번 일도 멋지게 해냈다. 영국은 앤젤라를 세계 곳곳으로 보내 학생들을 가르치게 해야 한다. 앤젤라 덕분에 모든 학생들이 우릴 사랑해줄 테니까.

이번 주 목요일이면 수업이 끝나게 된다. (믿어지질 않는다. 여기서 계속 살았던 것 같은 기분이다. 물론 좋은 의미로 그렇다는 거다.) 어쨌든 목요일에 짧게 쇼를 하기로 했다. 〈록키 호러 픽쳐 쇼〉의 〈타임 워프Time Warp〉라는 곡에 맞춰서 할 생각인데, 의상을 쓰레기 봉지로 손쉽게 만들 수 있기 때문이다. 무엇보다 우리 모두 가사를 알고 있는 곡이기도 하다!

1991년 8월 14일 수요일
도브리

🔔 밤 11시 35분

오늘 양호실 앞을 지나가는데 양호 선생님이 나를 안으로 데리고 들어갔다. 저울에 올라가보라고 해서 체중을 달았더니 68킬로그램이었다! 1킬로그램이나 줄었다. 어째서 빠졌는지는 아무도 모른다. 오이와 양파를 많이 먹고 춤을 많이 춰서일까. 아마도 그런 것 같다. 양호 선생님은 미소를 지으며 '도브리'라고 말했는데 폴란드어로 잘됐다는 뜻이다. 폴란드와 영국이 함께한 승리다!

1991년 8월 15일 목요일
마지막 수업

🔔 밤 11시 24분

우리는 〈록키 호러 픽쳐 쇼〉의 〈타임 워프〉에 맞춰 춤과 노래를 보여줬다. 폴란드 학생들은 무지하게 좋아했다. 사실 그들은 뭐든 다 좋아한다. 세상에서 제일 사랑스럽고 착한 아이들이다. 여긴 정말 멋진 곳이다. 내일 작별인사를 할 생각을 하면 벌써부터 울컥하고 목이 멘다. 이곳 사람들과 알게 된 지 며칠밖에 안 됐는데 이런 마음이라는 게 바보처럼 들린다는 건 알지만, 그 며칠 동안 열정이 가득했다. 그리고 아, 젠장. 눈물이 나온다. 내가 진심으로 필요로 하던 것을 여기서 찾았다. 폴란드. 누가 생각이나 했을까. 나는 여기서 잘 버텼고 개판 치지도 않았다. 아직까지는 그렇다. 앞으로도 그럴 거다. 모트도 평소처럼 정말 잘해줬다. 여기서 내가 꽤 잘해낸 것 같다.

1991년 8월 17일 토요일
마음이 아프다

🔔 *밤 10시 12분*

아침에 폴란드 학생들과 아쉬운 작별을 하고 그 마을을 떠나 지금 우리는 오시비엥침 시의 유스호스텔에 와 있다. 여긴 아우슈비츠 수용소 근처다. 폴란드 사람들은 이 도시를 폴란드명인 오시비엥침이 아니라 독일명인 아우슈비츠라고 부르는 것을 싫어한다. 충분히 이해가 된다.

오늘 내가 본 것은 이러했다. 가스실로 들어가기 전 아이들이 신었던 신발들이 들어 있는 진열장. 포로들한테서 잘라

낸 머리카락이 놓여 있는 진열장. 이주시켜주는 줄 알고 왔다가 가스실에서 죽은 사람들의 가방이 들어 있는 진열장. 실제로 사용됐던 가스통들. 무어라 표현할 말이 없었다. '아우슈비츠 이후 시(詩)는 없다'라는 유명한 인용구가 떠오른다. 여기서 단어는 아무 의미가 없다. 아름다움도 존재하지 않는다.

누구든 나치로 살았던 사람들을 알게 된다면 그 사람들을 죽어라 증오할 거다.

이런 말조차 변변찮게 들린다. 여기다 쓸 수조차 없다. 앞으로는 절대…… 이런 일이 일어나지 않게 해야 한다.

1991년 8월 21일 수요일
폴란드의 마지막 밤

🔔 새벽 1시 12분

폴란드에서의 마지막 날을 앞두고 우리는 호텔에서 파티를 했다.

팀원 중 아일랜드 사람들은 노래를 부르며 파티를 시작하는 데 있어서 뛰어난 소질을 갖고 있다. 특히 매리와 마크가 그렇다. 둘이 노래를 부르기 시작하면 다들 따라 부르게 된다. 앤젤라가 조니 마티스의 〈한 아이가 태어나면When a Child Is Born〉을 부르기 시작했는데 분위기가 끝내줬다.

지금 술에 취하긴 했는데 폴란드 감자칩을 먹었더니 괜찮은 것 같다.

🔔 오전 8시 12분

괜찮지가 않다. 죽을 것 같다. 오늘은 도보로 광장을 둘러본단다. 신이여 우릴 구하소서.

1991년 8월 22일 목요일
집으로

🔔 오전 9시 45분

LOT 폴란드 항공사의 영국행 비행기에 탔다. 우리가 맨 마지막으로 탑승했는데 공항 여직원이 우리더러 "여러분 술에 많이 취하셨군요"라고 했다. 그렇다! 우린 밤새 술을 마시고 노래를 불렀다. 그래도 여직원은 우릴 비행기에 태워줬고 기내식으로 소시지도 받았다.

안녕, 폴란드. 히스로 공항에 도착하면 분위기가 어떨지 겁이 난다. 이토록 멋진 시간을 함께 보낸 팀원들과 헤어져 각자 집으로 돌아가야 하니 정말 힘들 거다.

🔔 **오후 6시 10분**

집에 도착했다. 히스로 공항에서는 많이 힘들었다. 다들 울고 껴안으며 아쉬워했다. 그래도 계속 서로 연락하기로 했다.

나는 모리슨즈 슈퍼마켓에서 일하고 있는 엄마를 만나러 갔다. 신발도 신고 있지 않아 꼴이 말이 아니었다. 엄마는 나를 보고 기뻐하며 말했다. "그동안 왜 전화 안 했니? 신발은 어쨌어?"

나는 폴란드에서 멋진 시간을 보냈고 폴란드가 정말 좋았다고 말했다. 그러자 엄마가 말했다. "레이첼, 네가 안전하게 돌아와서 기쁘구나. 좋은 시간을 보냈다니 엄마도 좋아."

🔔 **밤 9시 12분**

방금 확인했는데 망할 브라이언 애덤스가 여전히 음반 차트 1위를 차지하고 있다!!

1991년 8월 23일 금요일
달라진 나

🔔 **저녁 6시 54분**

거의 종일 잤다.

방금 일어나 둔탱이에게 전화를 걸었다. 오늘내일은 다들 일을 하고 있어서 아무도 외출을 안 한다.

감상적인 헛소리 같지만 폴란드는 나를 변화시켰다.
뭔가 달라진 기분이 든다.

9월

September

1991년 9월 1일 일요일
희망 고문

🔔 *새벽 2시 15분*

폴란드는 여러 가지 면에서 나를 변화시켰다. 하지만 폴란드도 도와주지 못한 문제가 있으니, 바로 핀과의 사랑이다.

1. *핀은 나를 보더니 와서 꽉 끌어안아줬다.*
2. *그러고는 "엄청 보고 싶었어"라며 윙크를 했다.*
3. *밀짚모자를 쓴 그의 모습은 믿기지 않을 정도로 매력적이다. 섹시함 그 자체다.*
4. *그는 내게 잘 빠진 폴란드 남자를 만나봤냐고 물었다. 나는 "몇 명"이라고 대답했다.*
5. *그는 내게 보드카 한 잔을 사줬다. 보드카를 마셨더니 '여전히 폴란드에서 휴가를 보내는 중'인 것처럼 느껴졌다.*

아, 핀을 멀리해야겠다. 그는 절대 이뤄지지 않을 희망으로 나를 고문하고 있다.

1991년 9월 7일 토요일
일기야, 들어봐

🔔 *밤 9시 12분*

일기야, 이렇게 하기로 해. 멍한 상태일 때는 일기를 쓰지 않을 거야. 한동안 멍한 상태여서 일기를 안 썼어. 세수하는 것도 성가실 정도였거든. 엄마 얘기로는 내가 폴란드에서 너무 신나는 모험을 하고 일상으로 돌아와서 그렇대. 아무도 변하지 않았어. 그들에게는 나도 여전히 똑같은 사람일 뿐이야. 어서 다시 여길 벗어나고 싶어. 대학에 들어가는 것 외에는 기다릴 일도 없고, 자꾸 부정적인 생각만 하게 돼. 여기 갇힌 기분이야. 예전의 레이로 다시 돌아가는 것 같기도 해. 어쩌면 내가 아니라 스탬퍼드가 문제인지도 몰라. 이곳에 담긴 내 기억. 사람들이 나를 바라보는 시선. 아, 더 이상 모르겠어.

오늘 저녁에는 아무도 외출하지 않았어. 9월 28일까지는 아무도 안 나올 것 같아. 그날은 내가 스탬퍼드에서 보내는 마지막 토요일 밤인데. 다들 여름 아르바이트 그만두고 돌아와서 나랑 폴란드 얘기 좀 하자!

1991년 9월 12일 목요일
쓰레기들

🔔 **밤 11시 45분**

아까 저녁에 확 돌았다.

그린 골목에 있는 상점에 우유를 사러 갔는데 벽에 기대어 서 있던 또라이들이 날 보더니 이죽거렸다. "여전히 뚱뚱하구만."

나치 독일도 이런 식으로 남에게 욕을 하는 것으로 시작됐다. 나는 곧장 받아쳤다. "엿 먹어, 새끼야. 넌 오십 살이 돼서도 그 벽에 기대서 사람들한테 못된 소리나 지껄일 놈이야. 다른 일을 할 배짱이나 머리가 없으니까. 나한테 손가락 하나라도 댔다간 우리 오빠 불러서 똥을 지리도록 패주라고 할 거니까 알아서 해!"

오빠한테 미리 말하지도 않고 싸움에 끌어들인 건 잘못이지만, 너무 화가 나서 거기까지는 생각 못했다. 또라이들이 말했다. "이야. 저년 말하는 거 좀 봐라. 지가 뭐라도 된 줄 아나봐?!" 나는 우유를 사서 집으로 돌아왔다. 엿이나 먹어, 멍청이들아. 더 이상 참지 않아. 니들이 날 뚱뚱하다고 생각하든 말든 내가 알 게 뭐야. 그린 로에 소문 쫙 퍼뜨려. 너희 같은 멍청하고 못된 놈들하고 자고 싶은 생각도 없고, 니들이 날 어떻게 생각하든 관심 없어.

1991년 9월 16일 월요일
용기를 내

🔔 **오후 5시 47분**

모트가 세인트 앤드루스로 떠나기 전 마지막으로 함께 시간을 보냈다. 크리스마스 무렵까지는 모트를 만날 수 없을 것 같기는 한데 또 어떻게 될지는 모를 일이다. 모트는 모두가 부러워할 만큼 최고로 멋지고 재미있고 상냥한 친구다.

감정 과잉으로 점철된 이 일기도 이제 끝을 향해 가고 있다. 겁이 나서 어쩔 줄 모르는 상태가 다시 시작되고 있다. 온갖 미친 생각이 다시 고개를 들려 한다. 하지만 폴란드에서도 잘해냈으니 헐 시에서도 괜찮을 수 있지 않을까 싶다.

1991년 9월 29일 일요일
추억

🔔 **새벽 3시 23분**

스탬퍼드에서 보내는 마지막 토요일 밤이었다. 앞으로 오랫동안 이런 시간을 다시 보내지는 못할 것 같다.

튀긴 소시지가 '북부 지역의 여자들 상태는 어떤지 점검할 겸' 나중에 헐 시로 나를 만나러 오겠다고 했다. 녀석에게 주소를 알려주지 말아야겠다! 상냥한 둔탱이는 나중에 또 만나자고 했지만 둔탱이가 가게 될 캔터베리 시와 헐 시는 꽤 멀리 떨어져 있다. 나는 크리스마스 때 만나서 미친 듯이 놀아보자고 말했다.

핀은 어땠냐고? 걘 이렇게 말했다. "난 리즈 시에 있을 거니까, 맥주 마시러 와." 망할 핀. 네가 내 마음을 알아? 내가 원하는 건 너랑 칼스버그 맥주나 마시는 게 아니야. 올리버스 나이트클럽에서 모임이 파하고 핀은 나를 한 번 꼭 끌어안고는 떠났다.

로니도 리즈 시에 있을 거다. 로니를 만날 겸 리즈 시에 갈 수는 있겠지만, 그것마저도 쉽지는 않을 거다. 그냥 리즈 시로 가서 핀을 만날 수는 없다. 그건…… 내 마음을 다 열어 보이는 거나 마찬가지니까. 핀에게 미쳐 있는 이 마음을.

어떻게 해야 할지 모르겠다. 헐 시로 가서 재미나게 살고 살도 더 빼야지. 좀 더 좋은 속바지도 사고.

10월

October

1991년 10월 4일 금요일
스탬퍼드를 떠나며

🔔 *저녁 8시 28분*

이곳에서의 시간이 끝나간다. 한 시대의 끝이다. 내일이면 스탬퍼드를 떠나 헐 시로 간다.

끝없이 여기다 떠들 수도 있고 자주 그래왔지만 지금은 이 말만 할란다. 수없이 많은 축복을 받고 살았지만 세상에서 제일 좋은 친구들을 갖게 돼서 정말 좋다. 이제 새로운 친구들을 만들어보자.

저 밑에서부터 기어 올라온 우리들이다. 삶에는 항상 희망이 있다.

그 후……

여러분은 아마 해피엔딩을 바랄 것이다. 내가 살도 쫙 빼고 정신도 바짝 들고 핀과 결혼도 하기를, 적어도 핀과 진한 키스 한번쯤은 했기를 바랐을 거다.

해피엔딩이기는 하지만 여러분이 바라는 것과는 조금 다를지도 모르겠다.

여러분 중에는 핀이 어떻게 됐는지 보려고 앞의 일기를 안 읽고 여기로 건너뛴 사람도 있을 텐데, 부디 앞으로 돌아가서 전부 읽어주기 바란다. 그 일들을 직접 다 겪은 사람이 여기 있는데, 읽어주기라도 하면 좋겠다.

어쨌든…….

그 후에 어떻게 되었는지 하나씩 풀어놓도록 하겠다.

내 몸무게. 오르락내리락했다. 92킬로그램일 때도 있었고 54킬로그램일 때도 있었다. 그 사이의 모든 사이즈와 모든 몸무게를 다 거쳤다. 그런데 살이 빠져도 문제는 해결되지 않았다. 1992년에 두 주 동안 탑샵에서 파는 끝내주게 섹시한 사이즈 10짜리 벨벳 바지(당시 유행했다)가 몸에 맞았다는 것 외에는 말이다. 숫자에 불과한 몸무게에 집착하고 살았을 뿐이다. 날씬했을 때 내 곁엔 형편없는 남자가 있었고 뚱뚱했을 땐 사랑스러운 남자가 있었다. 살이 빠지니까 기분이 좋아졌냐고? 그럴지도 모르겠다. 자신감 문제라든지 남자 문제도 전부 해결됐느냐고? 그렇지는 않았다. 체중계의 숫자는 오르락내리락할 수 있지만, 몸뚱어리 위에 붙은 머리는 똑같기 때문이다. 그러니 무엇보다 머릿속을 정리하는 게 우선이어야 한다.

스물여덟 살이 돼서야 나한테 진짜로 필요한 심리 치료를 받을 수 있었다. 좋은 치료사를 만나 이 년 동안 치료를 잘 받았다. 지금도 불안증과 강박증을 갖고 있냐고? 그렇다. 가끔 증상이 도진다. 알코올 중독증과 약간 비슷하다. 늘 어딘가에 도사리고 있다가, 압박감이 심해지거나 하면 별안간 엉덩이를 물어뜯는다. 하지만 나는 증상을 잘 관리하고 있다. 필요할 때는 두려워하지 않고 도움을 청한다. 여러분도 그래야 한다. 의사는 여러분보다 훨씬 심각한 증상들도 들어본 사람들이다. 우린 살짝 미친 정도밖에 안 된다.

엄마가 이제는 본인 얘기를 해도 된다고 허락했다. 사실 엄마는 조울증을 앓고 있었다. 엄마는 조울증이라는 용어를 무척 싫어한다. 엄청나게 기분이 좋았다가 끔찍하게 우울해지는 그 증상을 한마디로 표현한다는 게 얼토당토않다는 이유에서다. 내가 태어났을 무렵 엄마는 이미 조울증 때문에 전기충격 치료를 받고 있었다. 그래서였을 거다. 동성애자였던 두 번째 남편과 이혼하고 얼마 안 돼서 모로코인 보디빌더를 만나 결혼하고 그의 모습을 엉덩이에 문신으로 새기기까지 하는 행동은…… 누가 봐도 조증이다. 엄마의 표현대로라면 그 당시 엄마는 '조증이 한창'이었다고 한다. 엄마가 조증일 때 어떤 상태인지 나는 직접 봐왔고 울증일 때 얼마나 힘들어하는지도 봐왔다. 그래도 엄마는 멋진 여자다. 제정신으로 살려면 삶에 도전적인 자세를 가져야 한다는 것을 알려준 분이다. 지금도 여전히 나를 미치게 만들 때도 있긴 하지만, 예전에도 그랬고 지금도 훌륭한 엄마다. 엄마의 지지 덕분에 나는 세상에 내 얘기를 털어놓을 수 있었고 지금도 내가 하고 싶은 일을 하며 산다. 오빠와 아빠도 마찬가지다. 육십 년 넘게 하루에 담배 마흔 개비씩을 피워댄 아빠는 지금 다리가 하나밖에 남지 않았다. 아빠는 그게 싸구려 담배 탓은 아니라고, 외풍이 심한 공장에서 수년간 일을 하면서 혈관에 문제가 생겼기 때문이라고 주장한다.

따지면 뭘 해. 연세가 일흔여섯이신데. 존 플레이어 스페셜 담배나 스무 갑 사드려야지.

그리고 또 무슨 일이 있었냐고? 어렸을 때 나를 성추행했던 남자는 다른 소녀들을 성추행했던 죄과가 드러나 유명 사건으로 다뤄지며 감옥에 갔다. 경찰의 활약은 대단했다. 그러니 여러분도 곤경에 처했다면 두려워 말고 경찰에 알리기 바란다. 여러분 중에 나 같은 일을 이미 겪은 분이 있다면 무어라 위로를 해야 할지 모르겠다. 나는 어찌 보면 사소하다고 할수도 있는 성추행을 당했지만 그 일은 내 삶에 엄청 부정적인 영향을 미쳤다. 지속적으로 심각한 성적 학대를 당한 사람들에 대한 생각을 하면 지금도 몸이 덜덜 떨린다. 늦지 않았으니더는 학대당하지 말고 누군가에게 털어놓기 바란다.

모트와는 여전히 절친으로 지내고 있다. 우리는 함께 자랐고 함께 모든 일을 겪었다. 학교 다닐 때 모트의 역사 숙제를 베꼈을 때처럼 나는 모트의 출산 계획도 빌려 썼다. 인생에는 마법 같은 친구들이 있는 것 같다. 그렇지 않은가? 그리고 둔탱이는 여전히 내가 지구에서 제일 사랑하는 친구 중 한 명이고, 튀긴 소시지는 여전히 멋지구리한 튀긴 소시지다. 이 책에 등장한 수많은 인물들은 여전히 나와 교류하면서 삶을 멋지게 만들어주고 있다.

이제 핀 얘기를 해보겠다.

겉으로는 모든 면에서 나와 정반대였지만 속으로는 나처럼 힘들고 괴로워하며 살았던 것 같은 남자. 내가 뚱뚱했을 때 핀은 날씬했다. 내가 평범하기 그지없었다면 핀은 엄청나게 잘생겼다. (요즘 그때 사진을 다시 봐도 그는 역시 잘생겼고 몸도 좋은데 본인만 그 사실을 의식하지 못했을 뿐이다.) 그런데도 나만큼이나 근심 걱정에 휩싸인 듯 보일 때가 있었다. 물론 추측일 뿐이다. 그는 친구였지만 환상 그 자체이기도 했으니까. 내가 잘못 해석한 것일 수도 있지만, 그는 자신을 뿌리 깊이 싫어하는 듯 보이기도 했다. 내가 보기엔 청소년기 특유의 괴상한 면들을 제외하면 굳이 싫어할 만한 구석도 없었는데 말이다. 아무리 봐도 싫은 부분이라곤 없었다.

시간은 흐른다. 이게 어떤 의미인지 여러분도 알 거다. 시간이 흐르면 누군가와 연락이 끊어지기도 한다. 핀이 내 이름이나 기억하고 있을까. 그는 내 인생에서 큰 비중을 차지했던 사람이지만, 그의 인생에서 나는 잔물결도 안 되었을 것이다.

가끔 핀 생각이 나기도 했다. 리즈 시에 갈 때면 핀과 마주치길 바라기도 했다. 하지만 우연한 만남은 이뤄지지 않았다. 그렇다고 스토커처럼 핀을 일부러 찾아다니지도 않았다. 나는 핀이 있는 리즈 시에서 그와 함께 존재했지만, 늘 그가 아닌 다른 사람을 만나기 위해서였다. 사람들을 만나면서도 눈앞의 사람보다 핀이 보고 싶다는 생각을 자주 했지만 굳이 그에게 전화를 걸지는 않았다. 괜히 갑자기 전화를 했다간 분위기만 어색해질 것 같아서였다. 그가 내 마음을 알아차릴까 봐 두렵기도 했다. 내 마음만 들키고 끝나버리면 그보다 더 가슴 아픈 거절은 없을 것 같았다. 엉망진창인 나를 그가 구해주길 바라

며 리즈 시를 돌아다녔지만 한 번도 그와 우연히 마주치지 못
했다. 지금 생각하면 잘된 일 같다.

1990년대 초에 우리는 가끔 파티에서 보기도 했다. 제대로
된 대화를 나눠보진 못했고 그저 인사를 나누고 시시한 잡담
이나 조금 했을 뿐이었다.

한번은 친구들과 무화과의 집에서 밤샘 파티를 했던 적이
있었다. 내 착각이었을 수도 있지만, 그때 핀이 나와 사귀고 싶
어 하는 듯 보였다. 그때가 1994년이었나? 크리스마스 무렵이
었다. 나도 취했고 그도 취했다. 우린 무화과네 집 거실에 앉
아 있었다. 무화과와 둔탱이는 키스를 하고 있었고, 튀긴 소시
지는 코를 골며 잤다. 핀과 나는 장난으로 포옹을 했는데 분위
기가 묘하게 흘러갔다. 그때 내가 "아니, 그냥 친구로 지내자"
따위의 상투적인 헛소리를 지껄였던 기억이 난다. 어쩌면 핀
이 진짜로 나와 사귀고 싶어 했던 건 아니었을 수도 있다. 내
안의 자신감 없는 뚱뚱한 소녀가 굳이 꼬집어 말했다. '쟨 핀
이야. 당연히 너한테 키스하려고 했을 리 없지.' 핀은 바닥으로
내려가 누웠고, 내 안의 불안정한 뚱녀는 나를 홀로 소파에 앉
혀놓았다.

모자라고 모자라고 한참 모자란 짓이었다. 나도 안다. 후회
된다. 뼛속까지 겁이 나서 그의 뜻을 오해했을 수도 있고, 어쩌
면 애초에 이루어질 인연이 아니었을 수도 있다.

그때 나는 잠을 못 자고 몇 시간 동안 깨어 있었다. 바닥에

누운 핀의 무거운 숨소리가 들렸다. 그가 누워 있는 모습을 봤다. 만날 때마다 나를 얼마나 웃게 해줬는지 떠올랐다. 그동안 핀은 무척이나 상냥하게 대해주었다. 실은 많이 축소해서 표현한 거다. 핀과는 무척이나 오래 이어져온 관계였고 그래서 더 힘들었다. 4년이나 거의 안 보고 살았는데도 여전히 나는 핀을 생각하고 있었다. 여전히 그를 좋아했다. 진심으로 좋아했다. 그도 싱글이고 나도 싱글이었다.

하지만 나는 소파에 눌어붙어 아래로 내려가지 않았다.

그렇게 끝이 났다.

핀은 손가락 사이로 흘러내리는 모래처럼, 음반 차트에서 떨어져나간 브로스의 음반처럼 내 인생에서 빠져나갔다.

살다 보면 이런 일도 일어난다. 요즘 누가 베를린 장벽에 관심이나 가질까?! 엄청난 사건이라 여겼던 일도 시간이 지나면 잊힌다. 한때 핀은 내 인생의 전부였지만…… 그 후 거의 아무것도 아닌 존재가 되었다.

어디로 가든 일기들을 가지고 다녔다. 대학 기숙사로, 다른 학생들과 함께 썼던 집으로, 연인들과 함께 살았던 아파트로. 어디를 가든 함께했다. 하지만 일기장을 펼쳐 읽지는 않았다. 그저 남의 일기를 엿보고 조롱하는 이들의 손에 들어가지 않게 하려고 가지고 다닌 것뿐이었다. 짝사랑과 정신이상, 성적 욕구불만으로 점철된 괴로웠던 시절의 이야기를 남들이 보게 하고 싶지 않았다. 그래서 안전하게 지키기 위해 늘 지니고 다녔다. 11월 5일 본 파이어 나이트(11월 5일 밤. 영국에서는 이 날 밤 1605년의 의사당 폭파 계획을 기념하여 모닥불을 지피고 불꽃놀이를 함 - 옮긴이)에는 기필코 일기들을 모닥불에 던져버리리라 매년 별렀다. 막상 그날이 되면 짬을 못 내 실행에 옮기지 못했지만.

그렇게 묻어두었다. 또다시.

그리고⋯⋯.

노팅엄 시에 대해 묘한 느낌이 든 적이 있었다. 1990년 말에 셰필드 대학교 면접을 보러 기차를 타고 갈 때였는데 노팅엄 역 4번 플랫폼에서 기차가 멈춰선 순간 숨이 턱 막히는 기분이었다. 그 이유는 나중에도 알 수 없을 것이다. 다만 노팅엄과 인연이 있는 듯한 느낌을 받았다. 구체적이진 않았지만 무척 강력한 느낌이었다.

그리고 육 년이 지나, 나는 우연찮게 노팅엄 시에서 살게 됐다. 이 일기에 쓴 내용들이 내 삶과는 무관해지고 시간이 한참 흐른 후였는데, 노팅엄 시에서 온갖 일들이 내게 일어났다. 친구들, 연인들, 직업. 노팅엄 시와 나는 운명처럼 엮였다. 남편 케빈을 만난 곳도 노팅엄이었다. 세상에서 최고로 좋은 남자, 케빈. 그가 아니었으면 여러분은 이 일기를 읽지 못했을 것이다. 남편은 일기장을 전부 내버리려는 나를 막고 그 내용을 세상과 공유하라고 용기를 주었다.

2000년 말인지 2001년 초인지 모를 어느 토요일 밤에 (정확한 날짜는 떠오르지 않지만 그날 있었던 일은 어제처럼 생생히 기억난다.) 나는 케빈과 함께 노팅엄 시 중심가를 걸어서 우리 아파트로 돌아가고 있었다. 토요일이면 노팅엄 시는 여자들, 남자들, 술 취한 십대들, 흥에 겨운 이십대들로 북적인다. 어느 방향으로 가든 사람들에게 부대껴 정신이 하나도 없다. 어쨌든 케빈과 함께 씨어터 로열 앞을 지나가다가 핀을 봤다. 수많은 얼굴들 사이에 그의 얼굴이 있었다. 몇 년 만에 보는 거였다. 핀이 그때 왜 그곳에 있었는지는 모르겠다. 그는 노팅엄 시에서 살지 않았다. 나는 소리쳐 그를 불렀다. 핀은 크게 달라지지 않았다. 그가 매력이라곤 없는 대머리 중년 아저씨로 변했기를 바랐던 것 같은데 그는 여전했다.

우리는 이런 대화를 나눴다.

나   **핀!**

핀   아, 세상에, 레이 얼!

(포옹)

나   **이쪽은 내 남편 케빈. 호주 사람이야.**

핀   (케빈에게) 좋은 여자를 만나셨군요…….

그다음에 내가 무슨 말을 했는지는 기억나지 않고 그가 이렇게 말했던 건 기억난다.

핀　술 한잔 할래?

나　**어쩌지. 내일 아침 여섯 시부터 일을 해야 해.**

핀　그래도……

나　**미안, 친구. 이만 가봐야겠다……. 조만간 또 보자.**

그는 사람들 사이로 사라지며 무어라 중얼거렸다.
그게 핀을 마지막으로 본 거였다.

'좋은 여자를 만나셨군요.'

'좋은 여자를 만나셨군요.'

'좋은 여자를 만나셨군요.'

그냥 한 말이겠지만…… 그때까지 들어본 최고의 칭찬이
었던 것 같다.

그날 밤 잠을 이룰 수가 없었다. 결국 케빈에게 핀에 대해
설명을 했다.

케빈　뭐?! 그 친구와 술 한잔 하러 가지 그랬어? 그 친구가 자기한
테 어떤 의미였는지 말해주면 좋을 텐데.

그럴 수는 없었다. 핀과의 일은 이미 지난 시절의 이야기였
다. 핀에게 내가 무슨 말을 할 수 있었을까? '안녕, 핀. 요즘 어

떻게 살아? 내가 열일곱 살 때 너한테 미친 듯이 반해 있었거
든? 암담하기만 하던 시절에 네 덕분에 나를 그나마 긍정적으
로 생각할 수 있었어. 그런데 넌 여전히 내가 본 중에 최고의
엉덩이를 갖고 있네?'

그리고…… 내가 우연히 노팅엄 시의 거리에서 만난 핀은
내가 알던, 내가 안다고 생각했던 그 핀이 아니었다. 물론 핀도
해피엔딩을 맞이했다. 어떻게 아냐면, 첫 번째 일기가 출간되
고 나서 핀에게 전화를 걸어 미리 세상에 공개될 이야기에 대
해 경고를 해줬는데 그때 그의 근황을 들었기 때문이다. 재미
있는 대화였다. 핀은 당시 내가 자기를 어떻게 생각했는지 진
짜 몰랐다고 했다. 어쨌든 일기가 출간된 덕분에 핀은 자기가
잘생기고 재치 있고 뒤태가 끝내주는 남자였다는 걸 알게 됐
다. 괴로웠던 과거를 떨쳐낸 핀은 멋진 여자와 결혼해 사랑스
러운 아이들을 키우고 있다. 그리고 그는 지루한 보험판매가
아니라 훨씬 멋진 일을 하며 살고 있다. 하지만 여러분이 그에
대해 깊게 파헤치지 않았으면 좋겠다. 사생활을 중시하는 그
는 끝까지 익명으로 남길 원하는데 그 생각이 맞는 것 같다.
핀은 멋진 삶을 누릴 자격이 있다. 그러니 만족스럽게 살게 그
를 내버려두자.

어쨌든 노팅엄에서 핀을 만난 일로 나는 세상에서 제일 엄
청난 과거로의 여행을 하게 됐다. 깊숙이 넣어두었던 일기장
들을 드디어 꺼낸 것이다. '스탬퍼드 워커스 신문판매점' 가방

에 담아 GCSE 시험(중등 교육 자격 검정 시험) 자격증과 스머프 인형이 가득 담긴 구두 상자(엄마는 한 번도 이 인형들을 내다버린 적이 없다) 사이에 끼워놓았던 일기장들. 낡아 허름해진 표지를 펼치고 한 장 한 장 읽어보았다.

당시 삶에 대한 내 느낌이 고스란히 담겨 있었다. 일기에서 우러나오는 그 감정. 이면에 담긴 감정까지. 당시 나에게만 해당된다고 여겼으나 알고 보니 꼭 그렇지만은 않았던 감정. 그때나 지금이나 여전히 내 안에 들어 있는 그 감정은 이 모든 일의 뒷받침이 되었다. 다들 일기에 한번쯤은 적어보는 감정이기도 하다.

누구나 자신을 뚱뚱하고 못생기고 형편없다고 여길 때가 있다. 실제로 그런지 여부와는 관계없이 말이다. 분별력이 있다면 그럴 때 이렇게 하자.

첫째, 자신을 사랑하는 일을 게을리 하지 않기
둘째, 자신에게 긍정적인 느낌이 들게 해주는 사람들과 일들을 찾아보기

우리는 비슷하다. 누구나 사랑받기를 원한다.

사랑받는 것이야말로 내가 원하고, 핀이 원하고, 엄마가 원하고, 내 친구들 모두가 원하던 것이었다. 학창 시절 남부럽지 않게 모든 것을 다 가졌다고 여긴 친구들도 실제로는 그렇지 않을 수가 있다. 첫 번째 일기장이 출간된 후 친구들이 편지를 보내온 덕분에 나는 당시 그들도 나와 크게 다르지 않은 기분으로 살았음을 알게 됐다. 우리는 누구나 사랑받고 인정받고 싶어 한다. 뚱뚱하든 날씬하든, 동성애자든 이성애자든, 남자든 여자든 누구나 다.

흔해빠진 미국 토크 쇼에서나 나올 법한 얘기를 해서 미안한데, 그게 사실이다. 적어도 나는 그렇게 믿는다.

책으로도 출판되고 텔레비전 드라마로도 각색되었으니 다가오는 본 파이어 나이트에는 이 일기들을 그만 불에 태워버려야겠다.

이렇게 여러분에게 일기를 공개한 이유는 나 같은 감정을 조금씩은 느껴봤으리라는 생각에서였다…….

RAE EARL

마이 매드 팻 다이어리 2

초판 1쇄 인쇄 2015년 8월 10일
초판 1쇄 발행 2015년 8월 20일

지은이 레이 얼
옮긴이 공보경
일러스트 아방 abang0209.blog.me
펴낸이 이범상
펴낸곳 (주)비전비엔피 · 애플북스

기획 편집 이경원 박월 윤자영 강찬양
디자인 최희민 김혜림 이미숙
마케팅 한상철 이재필 김희정
전자책 김성화 김소연
관리 박석형 이다정

주소 우) 04034 서울시 마포구 잔다리로7길 12 (서교동)
전화 02)338-2411 | **팩스** 02)338-2413
홈페이지 www.visionbp.co.kr
이메일 visioncorea@naver.com
원고투고 editor@visionbp.co.kr

등록번호 제313-2007-000012호

ISBN 979-11-86639-06-1 04840
　　　　 979-11-86639-05-4 (SET)

· 값은 뒤표지에 있습니다.
· 잘못된 책은 구입하신 서점에서 바꿔드립니다.

「이 도서의 국립중앙도서관 출판시도서목록(CIP)은 서지정보유통지원시스템 홈페이지(http://seoji.nl.go.kr)와
국가자료공동목록시스템(http://www.nl.go.kr/kolisnet)에서 이용하실 수 있습니다.(CIP제어번호: CIP2015019139)」

— MY MAD FAT DIARY —